U0133301

A Blind Date in Limbo

by

Huang Jiaguang

被推迟的约会

黄家光　著

华东师范大学出版社

上海

华东师范大学出版社六点分社 策划

2022 年度温州文化艺术发展基金资助项目

目录

序一　"带着所有残破记忆"　宋琳⋯⋯⋯⋯ 1

序二　一篇不合时宜，但又偏偏到来的序言　姜宇辉⋯⋯⋯⋯ 1

但一定要告诉他⋯⋯⋯⋯ 1

步行的人⋯⋯⋯⋯ 3

时间如落石⋯⋯⋯⋯⋯⋯ 4

一种还是两种？⋯⋯⋯⋯ 5

另一个我，——⋯⋯⋯⋯ 7

和很多人一样⋯⋯⋯⋯ 9

仅此一次⋯⋯⋯⋯ 12

冬天早晨的五点半⋯⋯⋯⋯⋯⋯ 14

无人死去⋯⋯⋯⋯ 15

风吹旧窗子⋯⋯⋯⋯ 16

我第五次毕业⋯⋯⋯⋯ 18

我们轻易地说着死亡⋯⋯⋯⋯⋯⋯ 19

我再不对着你哭泣⋯⋯⋯⋯ 20

我与一座抽象城市的联系⋯⋯⋯⋯ 22

皮格马利翁变奏曲⋯⋯⋯⋯ 24

读《竹峰寺》............ 26

纸鹤............ 28

沐沐如是说............ 29

车窗上的陌生男人............ 30

"有比目光相遇更多的东西"............ 31

半夜，在马路中间吃西瓜的女人............ 32

没有黑夜的红酒............ 33

悼陈响............ 35

中秋遥寄旅德博士王骏............ 36

被推迟的约会............ 37

将军底头............ 39

情诗............ 40

生日............ 41

哑巴............ 42

小王子记事............ 43

黄四和他尚未结束的生活............ 44

那一代人............ 47

最后的坟............ 49

小时候的一些事............ 50

你听……............ 52

种田............ 53

碑如野菇……............ 54

被拒的扫墓⋯⋯⋯⋯ 55

无光⋯⋯⋯⋯ 56

比如⋯⋯⋯⋯ 58

十月啊,是水稻⋯⋯⋯⋯ 59

以后有机会再说吧⋯⋯⋯⋯ 61

而立之年⋯⋯⋯⋯ 63

彭村⋯⋯⋯⋯ 64

拍肩膀的人⋯⋯⋯⋯ 66

秋天夜里照镜子的泥俑⋯⋯⋯⋯ 68

杂感⋯⋯⋯⋯ 70

十年前的夏天⋯⋯⋯⋯ 71

经过不完整修改的梦⋯⋯⋯⋯ 72

秋夜杂忆⋯⋯⋯⋯ 74

偶感⋯⋯⋯⋯ 75

你说,重新做人⋯⋯⋯⋯ 76

爸爸啊你老了⋯⋯⋯⋯ 78

夜钟⋯⋯⋯⋯ 79

你说的⋯⋯⋯⋯⋯⋯ 80

妈妈,我退化了⋯⋯⋯⋯ 82

夜风⋯⋯⋯⋯ 84

夜晚也令我害羞⋯⋯⋯⋯ 86

年过三旬⋯⋯⋯⋯ 88

10 月 30 日............ 89

十二年前的一个夜晚............ 90

送霍明之日喀则............ 92

致赵涵............ 94

读《日本游戏批评文选》忽忆张文硕小友............ 95

山水终成山河............ 96

2015 年，青海湖及其他............ 97

七月在上海............ 98

水乡即景............ 99

南雁荡............ 101

飞虫............ 102

路标，寻盐湖不遇............ 103

香港之歌............ 105

东梨寻古鹿不遇............ 106

湖底水怪............ 107

防风氏............ 108

续《茅屋为秋风所破歌》............ 111

读《老子》七三章忆宋教仁案............ 112

徐公小传............ 114

你慌什么？............ 116

浪淘沙令或后之视今，亦犹今之视昔............ 117

大漠孤烟直，长河落日圆............ 119

婚礼⋯⋯⋯⋯ 120

夜读佛经⋯⋯⋯⋯ 123

牛头赋⋯⋯⋯⋯ 124

孟婆赋⋯⋯⋯⋯ 126

说唐⋯⋯⋯⋯ 130

读书笔记之康德⋯⋯⋯⋯ 131

读书笔记之康德（2）⋯⋯⋯⋯ 132

不可知之书⋯⋯⋯⋯ 133

十方世界⋯⋯⋯⋯ 141

无题（一）⋯⋯⋯⋯ 152

无题（二）（或缝衣裳）⋯⋯⋯⋯ 153

无题（三）⋯⋯⋯⋯ 155

无题（四）⋯⋯⋯⋯ 157

无题（五）⋯⋯⋯⋯ 158

无题（六）⋯⋯⋯⋯ 159

无题（七）⋯⋯⋯⋯ 160

无题（八）⋯⋯⋯⋯ 161

无题（九）⋯⋯⋯⋯ 163

无题（十）⋯⋯⋯⋯ 165

不断凝固⋯⋯⋯⋯ 167

临渊羡鱼⋯⋯⋯⋯ 169

叶落归水，再见了啊⋯⋯⋯⋯ 170

我们的神············ 172

千古悠悠的蚯蚓············ 174

我们，惭愧，太矮了············ 175

夜的尽头是••••••············ 177

登高············ 179

儿童节快乐············ 180

某日的夜············ 181

日子············ 182

你来人间一趟（2019－2022）············ 184

一个阳光明媚的下午去访友············ 186

罪己诏············ 189

鱼骨············ 190

庞大之物············ 192

局外人············ 193

乡下人············ 194

他们说············ 195

门············ 196

动物保护主义者的胜利之歌············ 197

放屁入门············ 198

犬儒主义者············ 199

考据学者············ 200

欢乐颂············ 201

颂歌（关于宋江）............ 203

牛、牛郎和织女............ 205

你站在路口............ 206

打油诗............ 207

关于衣服的本体论............ 208

序一 "带着所有残破记忆"

宋 琳

批评家耿占春在《90后诗人的自我意识、生存感知和修辞技艺》一文中写道:"90后诗人所受教育,相对宽广的知识视野和他们生存空间的狭窄感构成了巨大的反差,这一反差为理解一种独特的社会－历史性的心理结构提供了可以感知的情绪氛围。"他的论断使我对比较陌生的90后一代诗人产生了惺惺相惜之情,任何一个诗人的成长,无论知识视野还是生存空间,总是越宽广越有利的。因为缺乏研究,我没有能力谈论作为整体的90后诗人,仅就零星读过的作品,我想说,他(她)们的感知力和修辞技艺相对于较年长的一代并不逊色,甚至在"约而达,微而臧,罕譬而喻"(《礼记》)方面更为突出。

我一向对代际划分不很关心,而年轻诗人如何在公共语境的压力下另辟蹊径,我还是充满期待的。"止步于直陈,或幽闭于自指"的语言症候持续存在着,延续哪一个单向度都可能往而不返,重蹈覆辙。顾随说:"夫学人之做功夫,不可死于句下,夫人而知之矣。尤不可上他机境。古人曰:'如何谓之机境? 佛谓之机境,法谓之机境。'夫佛与法犹是机境,犹不可上，何况一切名相、语言、文字乎?"(《揣龠录》)。至于如何不死于句下，不上他机境，他以为必须"有(兔子)出草和(鲤鱼)透网的偶傥分明的精神"(同上)。此处说禅不妨引为说诗，佛法之为机境，正如一切经典之为机境也，欲师心独造，不与人同，专写自家风景，则须下笔时仿佛世间从未有过诗之一物的气概。窃以为废名的语言态度在现代诗人中是最殊异，且最与禅宗语言观亲近的。

读黄家光的诗集《被推迟的约会》，我大致的印象是质朴、机趣、直接、悲切。看上去写得较随意的诗，如《登高》和《无题》系列，恰恰在善断处，颇得废名的心法，即近取诸身，随物赋形，在旁人熟视无睹的地方发掘诗意。我惊讶地发现，他还那么年轻，记忆却已十分"苍老"，也就是说，他本可以利用知识视野，带着更多书卷气去开拓想象中的言说边界，或在城市感性中建构具有现代特征的情感/想象共同体，相反，他不断地回溯过去，回溯早年的乡村生活，从对于当代诗而言已相对陌生的农耕经验和土地上刍狗般的生死中接引只属于他的"个人的诗泉"，这是一种美学的冒险，需要相当大的勇气。

所有与稻田相关的记忆
我都尚未成年。插秧
害怕蚂蟥，糊田埂

2

疏通水沟，或者用镰刀

割破手，打谷，堆垛

夜路没有尽头，黄昏年复一年

父亲有力，母亲有力

而我尚可以偷懒

可以对着远山说话

可以和弟弟一起寻找

阴凉。在漫山坟头间

害怕着春色里的生意。

别太大声，他听不见。

　　这首《种田》算得上标准的农事诗，它的题记"我年轻，我还有一把小提琴"暗示着另一种"未成年"的生存环境，我们能感觉到对生而为人却不能选择出身的反讽。诸如《小时候的一些事》《那一代人》《黄四和他尚未结束的生活》《最后的坟》《碑如野菇……》《十月啊，是水稻》《你说的……》等相当数量的诗都与农事有关，当代诗在海子之后似乎闭上了"农耕之眼"，仿佛乡土气息作为前现代的残余，在诗歌语义学方面已用罄，因而不合时宜。这显然是一种偏见，只要看看爱尔兰诗人希尼终其一生的主要诗歌写作就不难发现，乡土和自然，不仅没有被放逐到文本之外，反而因个人记忆中渗透着强烈情感的怀旧式书写，再度发明了新的"农业的神话"。遗憾的是，这另一种现代性言说在汉语中极少回响。黄家光虽然离创造自己的"农业的神话"尚有不小的距离，并且，浙南地区的乡村生活在他笔下更多地笼罩着悲剧气氛，人在灾害、疾病、贫穷的近乎原始的状态中劳作，生老病死，无声无息，看不到尽头。作为挽歌的主体，"我只是死亡目击者／目送我和我的时代一起死亡"（《爸爸啊你老了》），在无望的巅峰，甚至主体也已消失，"只有死亡在回忆死亡"（《那一代人》）。黄家光的自传性书写中有一道"历史天使"的眼光，这使他每当触及个人亲历的现实时不允许有道德的背叛和诗意的伪造，在别人"没法一眼认出"的身份的隐蔽处，他以"这些都是我的胎记，我并不急于抹去"（《乡下人》）进行自我指认，为了保护诚实（或以此作为唯美主义的替代物），他宁愿将一部分语言的欢愉让渡给了苦涩。

然而，通读整部诗集，黄家光的运思并没有停留在个人经验的领域，在处理当下的日常生活和情感事件时，他颇为节制，而不乏禅宗的活泼。在风格上，他不像一些同辈诗人（如秦三澍）那样，以细密的语言织体抵制浅俗，毋宁说，他更加依赖叙事结构。而往往为了文本的历史感效果使用生僻的用典时，反因不能妥帖而造成"隔词"，不如巧妙地将一个捕捉到的瞬间意象叠加在具有象征价值的历史景观上面，以期拓宽譬

4

喻学空间。

> 一切如常。他在车窗上的
> 影子出现在了新闻中
> 就像兵马俑出现在秦王陵

《车窗上的陌生男人——致 sbq》整首诗只有如上所引的短短三行，却在广阔的联想中，奇异地让某个久远的史诗时刻与当下的目击时刻同步性地在场。新闻影像中的"车窗上的陌生男人"无名无姓，他只是一个稍纵即逝的"影子"，正如秦王陵坑道里的兵马俑，在考古挖掘的瞬间显现出来，只代表沉默，同样是"影子"，曾经的活人的"影子"。这或许就是大多数无名者被归入另册的历史真相，且在铁律般的"一切如常"中代代轮回。好一个"一切如常"，像一个历史诡计施与的魔咒！

我初识黄家光应该是 2015 年在上海的一个诗人绘画展上，我们分属华东师大夏雨诗社的两代成员，他跟我做了自我介绍，于是我们就成了朋友。之后断断续续的联系多是围绕一些诗学问题的探讨，集中地阅读他的诗作这是第一次。作为哲学博士，他的研究或对诗歌写作有所助益。正如他在《情诗》中引用哲学家斯特劳森的话："形而上学往往是修正的 /而很少是描述的。"并质问道："但他爱过谁 /是否曾在半夜写诗?"这虚

5

拟的对话饶有兴味，可引申为诗对哲学的某种反诘。或许一切诗歌都是"情诗"，诗之器可以容纳形而上，在对世界的深切而著明的"描述"中去"修正"世界，需要将爱保持在不仅属于个人的，不倦的书写行为中。

2023－10－12 于大理

序二　一篇不合时宜，但又偏偏到来的序言

姜宇辉

我不会写诗，也很难说懂诗，那又有何资格来为一位年轻的诗人做序？

道理很简单，也很明显，因为我们相似。诗歌发自灵魂，灵魂的相似是理解诗歌的前提，我觉得自己和家光的灵魂是切近的，所以，即便近年来读他的诗不多了，但仍然还是可以即刻进入到他的灵魂世界之中。

我很早就认识他了，之前是作为师生，现在更多是作为朋友。但无论怎样，这些日常生活里面的身份都无法真正界定他的诗，他的人。有一些东西，你只有通过他的文字才能理解，才能体悟。比如，他跟我相似，都是如此的绝望。即便我们现在的生活都比以前好很多，但灵魂深处对于世界的拒斥和幻灭依然是从未变过的底色。读他的诗，你会觉得那平日里挂在脸上的笑容其实绝非伪装的面具，而更接近冷酷的嘲讽。世界如此荒诞，人生如此晦暗，这身边的一切都是如此的沉沦、堕落和愚蠢，但我们还是要挣扎着，直面着，甚至还往往妄想着用文字和思想来进行一点徒劳而微弱的抵抗。

再比如，我跟他相似，又都是如此的真诚。我们坦然接受

了这个世界，穿行其间，不是为了获取那些毫无意义的功名利禄，而更是意在邂逅知音，遭逢感动。所以，在他的诗里面，即便反讽可以被视作一种基本的手法，但却往往总会转化为难得的清晰、明澈与诚实。这就是生活。这就是我。我其实没什么好掩藏的。这就是我的诗，我想表达的一切。好也罢，坏也罢，我把它写下来，留下来，总会有人看，总会有人流泪，总会有人感叹。这就够了。名垂青史？功德无量？那还不如坐下来喝一杯淡淡的啤酒，相视而笑，彼此释然。

这也是为何，作为一个喜欢舞文弄墨、引经据典的学者，我在这里不想引用任何的理论来"诠释"他的诗。我只想说，读就够了。读，一句句读，哪怕随手拿起，随处放下，这都是跟作者之间的一种最真实的对话。在诗里面，在诗面前，那些繁琐的概念文章可以暂时歇息了。这样一来，读他的诗，对于我也是一种油然而生的释怀，我终于感受到了另外一种自由，不只是体验和思考的自由，而更是变化自我的自由。我走进了他的文字，我不再是我。也许，这个变化的我才是真我，才是我一直以来想要成为的样子。

读他的诗，我会想到很多。想到很多人，想到很多事。在很多文字里面，我会清晰看到那些我们共同喜爱的影子，有特朗斯特罗默，有博尔赫斯，甚至有兰波，有顾城。但这些只是影子和痕迹，最终它们皆汇流入我们曾共同分享的生活。在华东师大，在香港，在我从未到过的水乡，在我一直计划中的温州，我觉得我们生活的轨迹，灵魂的印迹在不断的交错。在一个已经不断被数字和网络所到处连接的世界之中，我愈发觉得这些想象的连接，虚构的因缘，不曾发生但却每每追忆的梦境，才是更令人百转千回的牵挂。

然而，他的诗也如他的笑一般，在迎纳的表象之下，还一直有隐藏，有迟疑，有回绝。你可能觉得你明白了，你理解了，你共鸣了，但其实，那些文字的深处总有一种潜藏的深流，一次次，一度度将你拖入自我怀疑和崩溃的边缘。杜拉斯曾反复提到，她的电影的底色是一种弥漫的阴影，我觉得家光的诗也同样如此。也正如杜拉斯在弥留之际，会同时对自己的爱人说："我爱您。我不爱您。"其实，家光的每一首诗，甚至诗中的每一句，都是同时接纳着，又拒斥着整个世界。

在这个意义上，他是独一无二的，甚至可以说是独树一帜的。很多诗人喜欢在诗中表白自己，很多诗人喜欢在文字里面炫耀才华，很多诗人喜欢将诗行变成自我毁灭的展演剧场。但家光确有一种平静，一种淡漠，但那不是古人式的"荒寒"，而更是他自己所独有的"陌异"。是枝裕和的那部最精彩最深邃的影片就叫做《那么远，那么近》，我觉得也完全可以作为家光这部诗集的副标题。"被推迟的约会"，这看似是一个如此德里达式的暗喻，但其实却更为酷似南希意义上的触感。我们拥抱，因为我们绝望地害怕分离。我们分离，但又同时绝望地渴望着再度相聚。诗，正是这样一种在绝对分离之中无限接近的"姿势"。

所以我书写了这一篇荒唐的文字，也只是想证明文字的苍白和无力。但同时，也更是想见证体验的真实与痛切。我没办法，也无意愿在这篇本不该出现的序言中去触碰这个集子里的任何一行，任何一段。但，这或许也是我自己的姿势，同样真诚的，发自思的姿势。

那或许就应该停笔。

那或许也应该再度开始，重新阅读。

那或许更应该，搁置笔墨，去走近生命，走进世界，去唤醒那下一次心心念念但又迟迟未至的灵魂邂逅。

感谢诗歌。感谢家光。感谢这一场让我们所有人魂牵梦绕但又执迷不悔的生命。

这，不是一篇序言。

2023 年 9 月 29 日 于金桥家中

但一定要告诉他

你走近他，想给他一些人生建议，告诉他：
十七年后，他会在香港逗留一段时间
在狭小的租房里独自过年，告诉他，回家的路会在五年后
浇上水泥，而他也将学会骑自行车
路边小树不会一直是灰色的（它一直是绿色的，至少是棕色
的），
跳上另一根树枝的松鼠不会再出现了，告诉他，短尾稚飞走了

就不会再回来，父亲会生一场终于不会痊愈的病
而他会到上海读书，一个比遂昌远得多的地方
告诉他，不要担心，起码在二〇一六年四月之前他不会死
（此时，他正和自己那场漫长的肾炎抗争，像个小勇士）
虽然外公会在二〇一〇年五月的一个凌晨去世
告诉他，不要在夜里独自哭泣，药再苦也得喝
不要怕夜里独自上厕所，而他所恐惧的幽灵
其实并没有恶意，告诉他，不要在意别人的目光
身边同学对他的忽视，告诉他，在之后的人生里
要是爱上谁，就去表白，虽然一定会被拒绝

但不要轻易陷入悲伤和绝望，人生的挫折从不会停止，像江上之清风，但一定要告诉他，在神秘人到来之前，他的人生道路会一帆风顺（谁的人生不是一帆风顺?）

但你说的，他听不见，否则，他就不是你了

步行的人

怠惰习惯，未做的事
未倒的垃圾，微臭，袜子
内裤，以及其他，未洗。
微风斜了，燕子八年前死绝
凛凛的大虫在笼子里威风
装腔虎啸两声，录了音
未剪辑。二郎喝醉景阳冈
审判必须延迟，择日入狱
偷情的欲望如舞蹈被原谅
但地狱不能空，谛听说谎
未疯的人走上都灵街头
一匹夜马冲散了半天乌云

窗外，步行的人
让孤独的屋子空了

2020－07－20

时间如落石……

时间如落石
塌方。未死的
纯粹出于偶然

并不是所有人
都能跨过微末的
障碍。死在路上的

人，听不到一曲
哭花脸的赞歌
那些苦中作乐的

凝视，佩戴
塑料勋章。久久挂在
柱上，风干成腊

2020－12－31
记 2020 年

一种还是两种?

1. 人生苦短

我想出门喝酒，啤的、红的都行

（白的算了，茅台是国酒）

找几个姑娘，年纪无所谓

反正荷包瘪瘪，都撑不过今晚

就像短命的二郎，喝药的大郎

打牌吗？也行。夜半才是开端

白日无端端放歌，歌舞升平

平生所学，学海难觅渡舟，也无涯

我们东倒西歪，在路灯下找路

我们呕吐，吐出所剩无几的魂灵

与街头游荡的黑白无常照面

与祂们签订生死契约，唱完这一首

就共赴黄泉，如失控列车，决不食言

2. 养生主

今晨，我寅时起床

往公园打了一圈太极

（悄悄和几个藏在坟里的旧友问好）
早餐是鸡蛋、牛奶，半根香蕉
中午淡饭，晚上也淡饭
太咸、太油腻、太辛辣都戒了
淡出鸟的时候，我抬头看看
墙上挂着的照片，和照片上的太阳
就仿佛重新获得了生命的力量
流淌而过的时日，已经能漂杵
我学会和自然一样作息，可以尽年
缓慢移动，学会和乌龟一样缩头
我已经年届三十，不再年轻

2022－10－23

另一个我，——

另一个我，中考

差普高三分，技校毕业后

无书可读，甚至不爱读书

二十三岁结婚

老婆是隔壁班一个姑娘

我们好了五年

她妈妈嫌我没钱

不能供一套县城的房子和一辆小车

只在钢铁厂轧钢

为此我和老婆分开过几个月

（我不是知识分子，不会记分手了几天

以便在此时代，情感不被还原为数字）

最后不情愿地把女儿嫁给我

二十七岁，孩子上幼儿园

不会跳舞不会算数不会英语

不会古诗胆小如贼不是接班人

我已严肃考虑我的下半生

而这一个我，被折叠的生命

正艰难展开，和另一个一样

随时断裂在伟大航路的途中

和很多人一样

和很多人一样
我们生于九十年代
我们的村庄，人口不多
有祖先的遗像
有祠堂，有很早就打工的
青年人中年人老年人

和很多人一样
我们在世纪末开始上学
在谣言中学习科学文化知识
幻灯片倒影变形的赛博空间
我们七岁住校，一周回家一次
看鬼火，吃咸菜，和很多人一样
在乡下读了小学继续在乡下读初中
2000 年对我们没有任何特别意义
在教室里听到了绝大多数世界大事
为恐怖袭击欢呼开始暗恋
学会自卑，想象城市

承认自己一无所知一无所有没有前途

和很多人一样
我们把偏远的小县城当做了
城市，并在那里读书
又去了另一个城市读大学
和很多人一样
我们出去之后才发现别人多才多艺
自己好像只会读书而且也并不那么好
于是我们和很多人一样
谈过一场失败的恋爱
在爱情与事业之间迷失
和很多人一样我们略显无奈地选择了
事业，仿佛不再期待爱情

和很多人一样，这么多年
我们从来都只是群像里的一个
没有面孔
和很多人一样，我们没什么主见
脾气不大，志向不大
从来没有留过长发或剪过短发
没有叛逆过就直接长大

和很多人一样

我们也会在夜里回想一天的劳作

没有尽头，和很多人一样

我们只是躺着，想着，人生啊

就走到了这一步

于是我们和很多人一样

成了一个没有个性的人

有人将我们错认成了另一个人

我们说是啊，有点像

毕竟我们和很多人一样

和很多人一样

我们就是另一个人

仅此一次

40 岁那天

你举起枪

刺了个空

脸上肌肉僵硬成

坚固的长城

阻挡了皱纹的入侵

它转身爬上

你曾爱过的姑娘的乳房

下垂溃败

宣告在时间之中

在荒芜之中

无人幸免

而你刺了个

空

皱纹刚开始爬上眼角就往角落逃逸

死在城下

老人斑无处藏身

你再也不会老去

你宣告了你对衰老的胜利

仅此一次

冬天早晨的五点半……

冬天早晨的五点半

是一个尴尬的时间

夏炎在冰冷的被窝

思考决定论与自由意志

依旧下不了决心去上厕所

我也十分尴尬

不知是否让他去厕所

他敢断定在三点多他做了一个梦

在迷宫一般的祠堂里

躲避一步之外的中年人

然而明天他将做另一个梦

在车上遇到另一个人

但唯一真正严肃的哲学问题只有一个

要不要去上厕所

无人死去

午后，大概是一点多，和往常一样
下了一场雨，有多大，我已记不清
大约是在两个时辰前，彭村被冲溃
那时我已带着四个青年沿后山田垄
去远处避难。我们只是走着，仿佛知道
要怎样走，我们从不怀疑所走的路
但路上我们绕了太多水田
和三个水坝，直到我们蹚过泥水
到达陶寺，它也被同一场雨和

泥石流全埋了，只留下半个屋角

我们立在陶寺路边田垄间

风吹旧窗子

一夜，风吹旧窗子

藤蔓沿围墙而上

爬了一整秋

又一个夏

太阳熄灭，远处一池春水

落满了上一纪的冬雪

流水急，当兵的父亲

早已不修路，我等河上

一叶扁舟，一尾鱼

藤蔓牵伸，雪花落地

何人待古船

水缓缓矣，不结冰

他在河中钓鱼

木舟在水里腐烂

围墙裂开

长出一朵野蘑菇

他躺在床上

躺在河床上

一棵八百年后的树
被夜风吹断

我第五次毕业

某个傍晚或者中午
我们相遇食堂或图书馆门口
你说你还有事
我也很忙
我们相互问候
匆匆告别

一句话里还有一句话
没来得及说完，句子就断了

断了。

而所有解释都是必要的多余

我们轻易地说着死亡……

我们轻易地说着死亡
说多年之后我们会重逢
在我的葬礼之上
我嘲笑你来不及看我最后一眼
棺材板就已经钉死
大厅里笔记本大小的遗像
丑陋到你已不愿与我相认
（除了在时间中幸存的名字）
你甚至没有大哭
也没对我的孩子说什么
那时可能连她们都老了
你也一只脚踏入另一口地狱
那地狱小到只够存放骨灰盒
虽然我们都将灰飞烟灭
尸体和棺材也不过是古老的仪式
我们还是没完没了地说
仿佛"所有被言说之事都已发生
且只发生一次，不再重复"
（我们知道每一次离别都是永别）

我再不对着你哭泣

我们再次相逢，一个雨天
在塑胶跑道上，说着各不相干的事
另一天，你和我拥抱，在车站
勇敢如刚读小学就独自回家的孩子
但怯怯地不敢说出那唯一的字
而当汽车之轮转动，我们开始了
开始就是一场离别

我们艰难地穿过时间里的障碍
就像两个小孩笨拙的合作
摘树上一颗未成熟（永不会成熟）的
青葡萄。但架子很高
脆弱不堪攀爬，我说着我的
小小愿望，遥远，在你肩上哭泣
但时间的海里，到处是暗流
我们小心翼翼地躲过无数漩涡
在一个狭隘，陡峭的海峡
触礁了。从此之后

我们说着各不相干的事
我再不对着你哭泣

我与一座抽象城市的联系

——致 xpc

第一次来这座城市，是送你回家
那时候你年轻漂亮，我自卑，
对未来充满希望。我止步车站
就像止步于某种可能性之前

当我再次来到这座城市，为了
糊口。我在这座城市边缘打工
像隐匿的符号标记在无限的地图上
我抽象地活在这座城市的边缘

永嘉的山水是抽象的，纸上山水
事功与证道是抽象的，冥契思辨
就像星辰运行在抽象的轨道之上
在开端与毁灭之间是无尽的轮回

就像单子运行在虚构的线条之上
没有窗户的单子也没有内在剧场

滑进抽象的虚空。只有你还在
这座城市生活，年轻漂亮，永恒

这让我偶尔想起，我是生活在
一座抽象的城市之中，存在、受难
七年之后，我失去了自卑和希望
抽象地生活在这座城市之中

皮格马利翁变奏曲

——致 xpc

我尝试过许多方式
在不同材料上塑像

大理石坚硬但双臂脱落
岩洞的壁画被风沙剥蚀

玉石不属于无德的我
金器过于轻薄而浮夸

相片的灵韵在显影液里挥发
数码的阴阳变换中没有天道

我甚至想一颗水珠里
印着今晚皎皎的明月

驾车飞驰的烈日灼烧
只有你酒色身体无恙

我抚摸着山涧溪水般的时光中

此刻美丽也将永远美丽的女人

读《竹峰寺》

——兼赠 YY

山隐藏在山中，相似

目睹夜色一寸寸降下
春昼与秋晚的爱欲
一瞬间为阴风吹散
你的心就消融在黄昏
是溪涧青苔，寺院枯叶

是隐藏在记忆中缺角的石碑
布满青苔的石碑上一段经文
经文说的不是清规戒律
是一段无始无终的往事

如果你找全所有十块石碑
你会知道那个道德故事中
男子最终了断红尘，事佛去了
但世上只留下这一块断碑

讲一段不知如何开始的传奇

也不知如何结束，只是这般生活

2023－03－08

纸鹤

春天，你全部的春天
都给了他：野花、柳絮和
微笑。他将它们折成
一只纸鹤，用血点染丹顶

他掀起新娘的红盖头，掀起你的
天灵盖。但春雨如泪
你并无春天。你躲在太阳底下。
一只纸鹤。惊慌失措。

纸鹤有了精血。伸展翅膀，它要飞了？
你头皮发麻，似乎少了什么。
纸鹤飞入你的肚子，隆起
如一页坟，它破土而出，冲你微笑

沐沐如是说

你说，你想你老家的梅花，你的外婆和她枯瘦的铜手炉
她趿着布鞋绕着大樟树找一块老到发黑的石头坐下
她讲起她和外公的婚事那是八十年前的旧事和这个世界无关

有一天，下了一场莫名其妙的大雾

你说，你以为雾里会有森林有小木屋有一个巫婆也比一无所
有好
一头迷路的野鹿折断了鹿角凄厉的叫声沿着月光传播
两边是看不清的灌木路上只有绯红、枯黄的叶子长成荒草
你说，大门口本来有一条通向镇上的马路也不知怎么突然老了
老到你已经走不动了只好从后门出发挥手告别外婆的坟茔

你说，当你走进大雾或者说被大雾笼罩，总之，怎么说都一样
雾里头没有森林只有一片没有尽头的海你不小心踏下悬崖

就落成了一座孤岛

29

车窗上的陌生男人

——致 sbq

一切如常。他在车窗上的
影子出现在了新闻中
就像兵马俑出现在秦王陵

2022－05－28

"有比目光相遇更多的东西"

——引古德曼文，戏赠 QSW

低着头，步在 2004 年，未翻修，
已改为小学的初中旧巷里。
一个还未行窃的小偷，远远
看了你一眼，目光
一闪之间，
你已嫁作他人妇
今年元夜时，长发断
孩子如灯在怀，月依旧
纵囚观灯桥头，你认出了我
而没有相认，像背负世仇的
孩子，相视而过，避开血债
忘了你相貌
我头发漫长，脑子空空
人群嚷嚷，不辨东西
只够认出你目光浑浊
如我，鬓发苍苍，访旧为鬼

半夜，在马路中间吃西瓜的女人

夜凉如洗，风吹弯

不道德的小楼（大概有三层）

吐出大卸八块的西瓜

瓜籽如爱情，麻子般落难

街心，一个男人

只剩下名字（他可以有七个名字）

和黑暗交媾，半夜

（就算在初夏，也距黎明尚远）

那个女人，在马路中间吃西瓜

一地瓜皮。

还有很久，环卫工（也许是我娘）

才会清扫这些垃圾。而当

第一辆公交射出，这个女人

躲进被窝，拉上窗帘

（周末不用早起，是中产阶级最后的特权）

我也收拾自己的望远镜

转身到楼下买一杯豆浆两个包子

没有黑夜的红酒

你喝红酒没有黑夜

黄酒苦涩我只喝普洱

喝普洱的水杯黄酒味

打着灯光白天黑夜雨天

没有黑夜的黄酒

烧烤我们吃了一大堆

我们吃烤肠里脊

吃面筋韭菜红酒也喝

黄焖鸡没放辣椒

盖浇饭好几份都吃完了

僵尸世界大战我们玩飞盘

黑夜里飞盘不发光

地上很湿队长何老师

大明小明和曹哥

卖命小七偷懒夏炎

雨停了回到寝室

时间过去了我没喝红酒

黑夜就罩在头顶

闪闪发亮没有星光

没有月亮只有一杯白水

2016－11－22

悼陈响

消瘦的命运穿过不结冰的樱桃河
消瘦的小道上慢走寻到
消瘦如命运的你
无声无响

2017－10－13

中秋遥寄旅德博士王骏

异国，同胞的死亡更加切肤
语言也更加陌生，如未来
如费希特。而时间隔着沙砾

磨瘦你躯干
装灰色知识
何年月还乡
不得知的浪子
一叶扁舟

浮士德博士，何时归来？

2018‒09‒24

被推迟的约会

城破。皇帝死吊枯枝上。
披头散发的女人。辗转。
南方，北方，西南。
然后是，道观，历史缝隙。

城破前夜。我们鼠目寸光
看到摇摇欲坠，相信明天
今晚你匆忙打包的行李
明天就扔在道旁，"沟水尽赤"

约定的地方。等了一刻钟
你是早走了，还是迟到了
或者今夜你未来。我想
你是迟到了。下一次。

白骨成泥。天变了，道也变了。
在终点的某处，有一张桌子
说书人一扇一尺，复盘

那晚你的行踪，甚至你的心思。

没有终点。没有古迹尚存。
墓穴挖空，新的房子在建。

将军底头

提头来见的将军不会踢球

江上游泳的男人像一个活人

我打扫公园路，从人民医院到妙高山

又从妙高山到中医院

冬天早上只有大雾没有枯叶

等天光明亮，我就和雪一起融化

没有白天的人只在夜里游荡

情诗

斯特劳森：哲学家
他喜欢说"形而上学往往是修正的
而很少是描述的。"

写过《个体》《论指称》
拆罗素的台，那个风流的人
还打过战，到过北京

但他爱过谁
是否曾在半夜写诗？

生日

你生来彷徨
渡过一个个相同的日子
却成了另一个你

哑巴

今天没有说话
你就成了哑巴
忘记语言就像忘记一个爱过的人
今天你弯腰
你就老了，拄着拐杖
走在终将陌生的土地上

小王子记事

而我，想起园中那朵花儿
举起四只无望的刺
守护我们短暂星辰的回忆
世界悍然入侵，所到之处
万物失忆，夜布满天空
而我在星空下
想起，上次见你
已是两年前的夏天
那时，我还没有走很多路
三座火山，两座还活着

黄四和他尚未结束的生活

在出生之前，没有灵魂，肉身行走在父亲身上

——题记

黄四，生于 1958 年腊月初八

和饥饿的年代一起生长

读了两年小学，就下地挣工分

（他手上的小学、初中毕业证

是多年后伪造的，为了成为一个门卫）

十六岁，他爹去世，像是上世纪的革命任务

名字至今对我保密。1978 年应征入伍

他去山东做了工程兵，开车修路

1981 年，他的革命之路到头

回家看护十年后去世的娘

体弱多病，在死前还下地干活的老女人

据说曾把我这个逆孙抱在怀里

但我对她毫无印象。1983 年，

他娶了邻村一个姑娘，小他三岁

在他几乎失去劳动力那几年

瘦如女神的她，收割大片稻田

1986 年，他的女儿出生，这个教我认识

孙中山、洪秀全、叶挺、冯子材

邓世昌、宋江的女人，在 2002 年初中毕业后

到隔壁镇上学习剃头，不久赴义乌织袜子

按国家为我们规定的路，在我之前

成为一个打工妹。有些更大的往事，

他并不关心，他早已退伍回家

那些年里，黄四开过货车

在山路上闪了腰，落下一生的病

在江西、浙江多个名字诡异的深山里

烧过炭、放过树，和我一样，对所有

江南丘陵阳痿。他几乎残废的脚

就是在温州一个山谷里泡坏的。

当然，慈爱的时辰还留给他一只

比钢还硬的肝及每年一幅退伍军人年画

牙齿脱落、头发花白，每一个老农要经历的事

他正在经历。当和我一样愚蠢的弟弟

傻乎乎地去了绍兴，我跑到了临海

他则在浙江四处看仓库，仓库里炸药没炸

我们享受万世太平的生活，在阳光背面，在潮湿中

作为蛀虫，领着低保，我们拖社会后腿

大儿子四体不勤五谷不分，依旧靠国家接济

二儿子在青田继续端茶送水写公文
女儿早已不卖电器，做了两个孩子的娘
妻子从杭州回来，依旧做保姆
他在建德看另一个仓库。下乡脱贫，
在城郊买了房子，欠一屁股债，
2020 年全面小康，他将退休，他不确定
自己是不是全面之一。而 2017 年终了
无雪，日子还要继续……

那一代人

黑乌鸦白天叫，夜晚叫
（世上早已无乌鸦）
你的三哥已经死了

五兄弟已去其三
大哥死在八十年代
长子撞鬼，魂丢了
二子混迹江湖边缘
二哥健忘，忘了身份证
接连入赘，没有自己的子嗣
三哥早年过继他姓
五弟在他乡做活计
你匆匆死在细胞里

你们兄弟，你们的孩子
这么多年，都在世界上
打转，打转。这么多年
祖坟野草如树，游蛇出没。

这么多年，都四散各地
在无根的地球上浮游

变迁的历史隐藏太深
就算动车替换了马车
只有死亡在回忆死亡

2022－06－25

最后的坟

远处山丘，我爷爷的坟
是最后一座坟。尘埃如
雨水，冲刷人的痕迹
蚯蚓、蛆和微生物
在土壤里，"自由"完成
短暂的命运。高耸的通信塔
结满蛛网、野藤和蝴蝶
夏天，到处无人收割
野稗。此处，我是多余
"走"在野径上，寄生虫一样。

最后的遗址。一阵风。

小时候的一些事

育婶昨天还在拉家常

今早就喝农药死了

死前还把早饭做好

坐在门槛上的育叔

乌黑的脸和皱纹并没有更深

暑假，村头婆婆死了

（她一直很老，去年

她的脚步突然放慢

似乎想以此放缓赴死的速度）

邻居家摆了几桌丧酒

不久前放树被机械绞死的男人

他可怜的女人不知道在哪

有人架着二郎腿抽烟

乡里一个男人押幺八赔光了钱

老婆跟另一个男人跑了

于是他们又说起

平昌广场上一个男人

老婆和她的情人在吃馄饨

男人用破电瓶车后备箱里的水果刀

捅了那个男的十几刀

（细节后来我在案卷里得知）

村里一个老人得病死了

遗像悬挂在大厅里毛主席像边上

我因此得了一场重病

辍学在家，老人们说

是生辰相冲

我光咳嗽不说话

日子一天天从眼前晃过

我记起我爷爷

是在我十岁那年死的

那是二〇〇〇年

你听……

你听，夜中渺渺的蝉鸣
往日和今朝和凉风

田埂上蹒跚的步没择
稻田里架满香菇棚
蛙声随小溪渐流干涸
石头失了边棱风吹暗哑
山高陡远种几粒黄豆
半里外烧砖的火熄灭

读书小儿一夜变老
时间空响人也空老

改定于父亲节

种田

"我年轻，我还有一把小提琴。"

所有与稻田相关的记忆

我都尚未成年。插秧

害怕蚂蟥，糊田埂

疏通水沟，或者用镰刀

割破手，打谷，堆垛

夜路没有尽头，黄昏年复一年

父亲有力，母亲有力

而我尚可以偷懒

可以对着远山说话

可以和弟弟一起寻找

阴凉。在漫山坟头间

害怕着春色里的生意。

别太大声，他听不见。

碑如野菇……

无来由的。半夜
拖拉机在盘山路上跑
年轻的老父野竹般
长满后门外的荒山
已倾塌的猪栏下
苔藓因猪粪而绿

你看到的，人去门锁
蜘蛛代表自然的复辟
所有属于你的东西
都在时间中被销毁
拖拉机、柴刀、菇棚
沼气池、水田、抄本……

独属于你的，只有一座石碑
而碑如野菇，终将长满青山

被拒的扫墓

一阵冷风吹灭坟头的蜡烛
清明被拒扫的墓

翻过山岗没有路也慢赶
为在墓碑前点根烟

中年人提着篮子
雨纷纷了是去看谁

当一个个坑被填满
无限延伸的铅色石板

刻了名字就是无限的死亡
而死亡之上只有象征死亡

一盆盆的黄菊。我想和你说的无限
的话，浸于希声和火焰

2020－05－27
忽忆清明节前故事偶感

无光

可以就这样走了
你奔向的地方
是一段悬崖
只有生出翅膀
才能免于巉岩与激流

不过你肉体凡胎
没悬崖上的奇异果
甚至没有一双蜡翅
纸鸢的假飞也比你持久
落了，落了，落了

不见底的崖
无限地推迟
只是因为无光
眼睛逐渐缩小

而飞上枝头时

你已是一只蝙蝠

2020 年 6 月 23 - 29 日

比如

比如，有些人白头成老
依然想象透明的牛角
顶翻年轻的皮肤，筋骨
和血管。尽染红袍透黑

而谁记得这斗兽场里
无人可以幸免
或使野兽和勇士
卷走出身高贵纯洁的看客
喝奶茶，瓜子落一地

父亲带着我
在寒冷漆黑夜里
打扫着，打扫，包括
男女厕所和老板办公室

2020 年 12 月 - 2021 年 1 月

十月啊，是水稻

十月啊，是水稻收割的季节
山野蒿草长过了坟头
你能想到茶树下一条蛇
也能想到春天稻田的水蛭

几个蹒跚的老人安眠于土
他说只要有三代人扫墓就已足够
你也只能勉力为之无路可走
红烛黄纸泛着惨白色的时间

你没法让她不哭那就哭吧
而她也已经朱颜老去
你就什么也没说背上书包走了
仿佛还能找到一条归途

水田已经荒了多久啊
那个春天也远到记不清了
就像一阵凉风里的夜雨

说着呢喃的咒语隐秘难解

2020－09－22

以后有机会再说吧

自你辞而别已经年
那时和你说的台湾之行
终究未能成，而那之后
我和时代都经历了很多

总想和你说一说
我在外的悲辛与野望
小农民留城的窘迫
不过还是算了
以后有机会再说吧

（没有机会了
一个彻头彻尾的
无神论者
堕落成
虚无主义者）

死亡就是把肉和骨

烧成灰，装瓮

砌在石板里

等待缓慢地遗忘

三代，也许更短

而我只是第一代

辛丑正月初七（2021‑02‑18）

而立之年

他当着你面死去已经好久了
你也总算快要习惯做半个孤儿

她隔着电话和你说分手很久了
你也终于快要成了浪子

那些一起游乐的友人差不多都失去了
你也有了另一群酒肉朋友（虽然你不喝酒）

你已不是一个可以苦读的学生了
再次走在陌生校园里你还会彷徨四顾吗

2020－09－03

彭村
——老屋的历史

会荒废的。

最多十五年，不会更久。

屋前浇上水泥。

灶台敷上石灰。

猪栏翻新。甚至养两头猪。

买另一半房子。筑沼气池。

墙壁贴上明星海报，幻想。

厨房从前屋换到后屋。

柴火烧尽。又换回去。

改成烘菇灶，后来是小浴室。

如是我闻，诸般迁流

当后门外野竹可以御风

你们虔诚建造的
时间已——摧毁

溯源无着的人
跟随野鬼
在世上到处游荡
无魂无魄

2022－02－07

拍肩膀的人

一

三盏灯点在两肩与头顶
山路阴风印着磷火明灭

清明的烛蜡流满中元
荷锄归的枯骨人没影

二

他的左肩略低右手提柴刀
三里外村民们晚餐已歇

不回头是一个传统习俗
没人会在周年祭上唱哭

右肩也被拍了三下
四十年前的额头吻痕隐现

三

用电造真实的昼

有七八种颜色故

无灯也要去永行
行在无鬼公路上

2020－11－01

秋天夜里照镜子的泥俑

忽然地，镜里人陌生如父亲

怪异言语，正常举止

完成白天指标活成不优秀

窗外下雨，吃鱼活剥生风

冷冷，曾经的肉体

生鲜忧郁立志做别人

不被目光注视也裹挟着

而恍惚立定时脚已发霉

给逗上夜色贪恋不睡

听心跳变奏死亡

胡子比皱纹不相上下

换着姿势找个性

了无意思。不在意重复被重复

想象己身是泥塑的俑

一天天风吹掉色

雨噬了半只眼和腿

嘴里胡说什么

旧了的俑披合适衣服

端坐在村口社公祠里

像那么回事，像很久之前的事

2018 年 11 月

杂感

是吗。偶然说到你时
我想起温柔敦厚和那些漫长

昨夜疲惫的双脚
忽然被风吹破的日子
湿冷借缝隙挤进骨头
死亡提醒我它在瞌睡
在行走，行走在入冬的寒夜中

延续老屋里苔藓的癌变
塌毁之处野草疯长
刈草人却被推远

除了在梦里
他只在镜中
看到老去的自己
是你

2020－11－26

十年前的夏天

如果没跑掉，也许我会和
爸爸一样，成为一名电工

电工培训第一天，通电，
我就把小灯泡烧了

天空明亮，我离开技校
彷徨着，和脱轨的星一起撞上

另一条路。白天
星星的命运隐秘在肉眼之外

爸爸的安慰被羞耻感抵消
等待失业，读赫克托耳的逃跑

随时都会中枪（使枪的人会中箭）
但已无法期待一场葬礼

我还是跑了

经过不完整修改的梦

我带你就医。不敢告知你真相
我不耐烦地吼你快跑，祂就要追上来了
前面是断崖和一片椰子林，海涛，沙滩
是一些巨大的碎石，和栗树
焦急慌张，那不是，那是神婆家
八仙桌前，用黄纸写字
你却不跑了，说要写以后事情

小旅馆里闹铃，浪击半涯
我要赶一场婚礼，从南往北
从岭南到两湖，又向东
穿过无数山脉的伤口，没有血迹
而我也一点点苍老如树
一个人一生要参加无数婚礼
却从不结婚。既然如此，
不可避免的事，永恒轮回，流转

那就如此吧，如此吧，继续如此吧

2019 年 10 月 25－26 日写于深圳—金华

秋夜杂忆

廿年前，新世纪裹挟谣言

尚悬在头顶，未落

殖民身体的自然主义幽灵退场不久

只留下不愈合的形上之痕

那时尚小，辍学半年

最远不过是去邻镇，尿检

病愈，父亲买了一个包子以示

庆祝。那时，最好的

连同最坏的，都还未来临

2019 年 10 月 2 - 3 日

偶感

昨，阴，有小雨。今，晴。
都不似周末。命运的时间在血管里
崎岖行走。在徒劳里奔忙
学习睡觉。他心和疼痛问题变得具体
在实践与理论上一样无解。
袟不可避免时，你成了斯多亚主义者
明，雨或晴，因果无从判断
你在医院里，在周围不停地走
等待。等待。并且顺从。是最后的善意

2018－12－16

你说，重新做人

回到起点，带着所有残破记忆
听指令，沿相同轨道走同一的路
同一的跌倒、爬起。没有目击者。
成了同一的另一个人

火车一天天重复同一的轨道
同一的时间，等待无期的废弃、出轨
如历史终结的故事被一再说起
三个人让一只纸老虎越入自由心灵

水沿着同一的河床，经过同一的断谷
向下，向下的力量，海洋比天空更性感
更改的出海口隐藏在地理志残篇中
海洋还要向下，更深的地底，向下

没有阻碍。谷底是繁花盛开
宝石蓝的牵牛花长在崖边
幽幽的香气噬了薄薄的皮肤

再回人间时候，你不再沉重如脚步

2019 - 06 - 07

爸爸啊你老了

心如深渊

话对遗像说

如我

但你比我更深

而我比你更湍急

更黑

吞噬光芒

而如果有九个人

我愿杀死第十个

彩旗啊

在坟前你才最鲜艳

烟花也最美丽

在此

埋葬所有终将毁弃和已毁弃的

别问我真理

也别问我爱情

我只是死亡目击者

目送我和我的时代一起死亡

夜钟

听到钟声醒来

木栏外稻田里

松树巅没有着火

爸爸等着我手里的信

我并没有带

我说我不喝酒

但我喝了两杯白水

我点燃了什么东西

还不到烧哲学书的年龄

我只好烧用来写情诗的纸

妈妈在厨房准备饺子

生火的不是我

也不是你

我也不知道你是谁

包饺子的也不是我

看动画片的也不是我

你也不是我

夜半的时候也没有钟声

你说的……

你说的地狱到底在哪？

我背后老祠堂苔藓、爬山虎和

不断剥落的老人斑一起蔓延

灵位上曾祖父的名字也字迹模糊

我曾在族谱上看到他的名字

——那年我前途未卜，和父亲步行

十几里山路，赶一场家族聚会

新族谱供在祠堂大厅木案上

抬着洗白净的猪头、羊头、牛头

一群不再年轻的人去找埋在田边的老父亲

我站在一块巨大的褐色石头上

石头上有一个巨大的掌印

我就这样站在一块褐色石头上

看他们举行我陌生的仪式

虔诚、荒唐，一场让人将信将疑的游戏

——我的爷爷是村里最后一个土葬的人

没有繁复的仪式。之后

我们把生命的遗址

交付给不断跳动的死火

而非永恒的流水和无垠的天空

也不是温和而又腐蚀一切的黑暗的土地

我的眼前南京东路上萤火的石头城

人渺小如山间小路上突然跳过的一只松鼠

（你是否从未见过深山里的松鼠

你是否从未踏入人烟罕至

神秘如死亡的丛林？

作为一个山民而非游客。

那我如何同你解释我的比喻？）

我来过七次外滩，和七个不同的朋友

每次在路上遇到一万三千五百个行人

而我所遇到的所有行人，绝不重复

有倒影的商城里白天和黑夜

被煅烧成一块瓦红色的土砖

一道发狠的青色是一个意外

（这个比喻依旧令你感到陌生

如果你不曾在一个山脚烧过砖）

妈妈，我退化了

我退化了，妈妈
我不再听话
像淘气鬼
游荡在荒凉的上海郊区
你不再骂我不读书了
而我也好久才和你说
妈妈，我在这一切都好
老师很好同学很好我
今天又去美术馆玩了
我不再和你汇报我读书的事
你再难看到我趴桌子上写作业
你关心我的生活让我不要熬夜
说可以找个女朋友说读书不是
全部，我只在中午和你说
我刚起来准备吃饭去写论文很累
无暇顾及其他，可我刚看了场球
写了首拙劣的诗
你对库里和罗蒂一样陌生

杜兰特和古德曼没有差别

我像一个废了的人

每天重复明天

妈妈，连我都觉得自己年纪大了

而你却还要照顾别人家的孩子

我像官媒一样报喜不报忧

我退化了，妈妈

有时候也想家了

想什么书也不看

就和你聊聊天

只是不知道该说什么

夜风

你听，夜风呢喃呢，
呜呜地叫着，喊谁名字
三叔拉二胡，夜夜哭什么
村口阿芳去哪了，追着飞萤
到天上去吗，飞到天边，
还会想我们吗
不然，星星为什么闪
舅爷爷一睡不醒
土地庙里烛火还亮着
修路师傅明天下雨还继续吗
妈妈啊，溪水要去哪里？
大海是它的归宿吗
它一路向下，啦啦啦地唱着
是哭还是笑

我啊，和瀑布一样

落啊，落啊，一直落！但水塘好远

我落啊，落啊！旧村子长满青苔

三叔二胡弦断，墓碑上名字被风抹去

我落啊落！一直落

天边流萤，像土地庙的烛火

新建的房子里，没有一个祖先

这是美丽天堂

可我已被驱逐，我落啊落

一直落，这到底在哪?

没有了我，天堂在哪?

夜晚也令我害羞

三叔的死，想必令她悲伤
可我没决定是否要去安慰她
听说三叔死于酒后散步
当时夜如黑屏，小径杀熟
将他浅埋水田里（那是一个春天）

"你知道，我这个人胆小如鼠
特别是在白天，我也不能在晚上找你
夜露了白，让它也变得令人害羞"

我已客居山城十多年
三叔去世时
她哭得惨。三叔待她如女
而今已泥牛入海
与天地为一。那夜
我见她和一男人进了
一家宾馆。比起这事
三叔之死似乎无足轻重

（唯一没说的是，那个人
我，这也许无关紧要）

年过三旬
——致荣哥

溪边碎石被流水切圆，秋风荡荡
池塘里死鱼露白，栗树结果

你能看到的所有人
蹚水过河的人，毒鱼的人
开山洞的人，运沙石的人
在河两边种田的人，凡此种种
皆不在时间之中，而在旧历之中
他们蹚浑水，毒死鱼，开岩洞
运巨石，种山田，做水陆道场
请和尚道士，甚而娼妇歌妓
官兵海贼，状元孝子，贞洁烈女
都拦不住，三十年后的决堤
水如皮鞭，脸上沟壑，挠头发秃
只是临水自照时，水草忧忧
在你脸上，父亲不断生长出来

辛丑年九月廿三日（2021－10－28）

10 月 30 日

我年纪轻轻就已老去
月光抵达窗前
却忘了进屋最后一步
该如何迈出去

我整理好床头的书
起床看了一眼手表
时间太迟了，又太早
凛冽寒风刺窗而入

我想，走出那一步
我就可以握住
那逝水的月光

2022－10－30

十二年前的一个夜晚

　　——致荣哥

我得坦白，这个晚上并不存在
幸亏伪叙事，有时不那么致命

是夜，月明星稀，你我相似如
镜内镜外，都想成为独自一人

为了这个任务我们分道扬镳
你向左我向右，你举着《资本论》

我念"上帝死了"。在错开路上
我一直走偏，走无光的夜路

踩空了就在悬崖下继续，
仿佛一切顺利。只是一个小的轮回。

你被安置在新家之中重新学会做菜，
我被遗落在教室里重新学会写作业。

只是，我们不再被认错。

后记：荣哥说近日常下厨做菜，想起小时候父母不在家时候，一起做饭。那是小学、初中事了，2006 年之前的事。

送霍明之日喀则^①

霍明这王八蛋终于要走了

已经不知道吃了多少顿饭

终于把你送到了祖国边疆

到祖国最需要你的地方去

把阿甘本福音和边民谈谈

飞盘我替你收好

你已不能再作恶了

看鬼片的人

第一个背叛的是小明哲

她居然逃到英帝国主义去了

没想到你也变节

建设边疆去也

瘦何老师胖队长

八月十月法国美国

我学会了早睡

夜半无人在系里看鬼片

我知道你预谋已久

从黑龙江到湖南

沿长江到上海

又乘飞机去西藏

轨迹遍布中国

但你衣服内的心

一直对我保持神秘

多年之后

你面纱后面是什么

下回吃饭再说

2017－08－06

写于九寨沟，闻霍明兄即赴西藏支边，急就章。

①　题仿王勃《送杜少府之任蜀川》。

致赵涵

好了，五个月过去了
说起五个月前的段子
我们都不确定谁说了谎
你知道芝加哥也就这样
至少没有雾霾
但多了热情好抢劫的黑哥哥
你胖了，和谷宜明的瘦高成反比
这也是芝加哥和华盛顿的区别
还是一顿吃穷了你
我又坐八号线倒"闵行11"回闵大荒去了

读《日本游戏批评文选》忽忆张文硕小友

那时，一切已经很糟了
但还没那么糟。我们
都是匆忙的旅客，短暂
同住在芝苑。他们涂着标语
我们有一茬没一茬地讲
你抓着宝可梦
回去之后就不好抓了
夜里，就这么走着
走着山上无尽校园的尽头
也不知道会到哪一步
我们都是浪里落叶
就算时间渡河而去
依然夜色迷蒙

2021－01－19

山水终成山河

那些年我很年轻也很穷

可我走过四分之一个中国

我在香港，在台北，在北京

也在上海，临海，青海

从拉萨到林芝，或者武威，张掖

那是敦煌，九寨沟，雁荡山

天津吧，西宁，南京，广州

更南，深圳。从怀化到麻阳

然后凤凰。兰州，成都，西安。

练习爱情，也练习死亡。

在白天哭，也在夜里哭。

而今在浙江打转。舟山、绍兴

湖州，台州，杭州，衢州

后来还有温州。我已很久没离开茶山了

只能深夜睁眼，看自然成风景

风景成山水，而山水终成山河

2022－10－15

2015 年，青海湖及其他

如果你还年轻，如果还有可能
请抓住一切机会，去到异域
去成为他人，去看小桥，也看戈壁
坐绿皮火车，住破旅馆
在贫穷中看漫天星辰
我在环青海湖的路上
所见不过是碧澈的湖水
不过是苍莽草原，不过是点点牛羊
不过是风蚀的雅丹城
不过是一弯月牙泉，不过是沙漠
不过是壁画、佛像、飞天的女子
不过是潮湿的帐篷，分手后的误解
不过是无尽的友谊和腥膻的拉面
不过是穹庐浩瀚宇宙无边
我学业未成，我游山玩水
天地为鉴，我终将一事无成

2022－10－26

七月在上海

二〇一三年五月
我到上海，坐错地铁
却没人认出我（包括我自己）

二〇一四年九月
拖着行李，我再次走出南站
每一个路人我都陌生

二〇一五年三月
在庞大的上海
每一寸血管里都找不到我

我惊慌失措，每每失眠于头顶上的水夜

所有我失眠的夜晚都在我睡着时变成白天
所有我孜孜以求的东西都在我失去时凝结成琥珀
所有我活着的日子都在我死时开花

水乡即景

乌镇的街如同凤凰的街
西塘的街，宽窄巷子

徘徊出夹缝中的断桥
北花桥兜了几圈
五水只治了一半

老年的房子斜倚着
褪色、蜕皮和老人斑
昏暗门板后那人的像
是时间扭曲的永恒吗

我们总又一圈圈的走
我和你们。你们尚小
而我的影子上
有旧世代的钢印
"工人俱乐部"

夜里的霓虹灯

独自在半夜清醒了

看不见的都是繁华啊

我想目送你们走远

2020－12－05

写于乌镇

南雁荡

我们自然会问，一段通上深山的路
已经颓败之处，是否向着自然生长
老人鸭子塑料易拉罐和拆卸的木楼
那匆匆而过的，除了时光与行人外

还有些什么。当他们重返密林深山
讲着伊洛之学时，谁把回音涂绘了
西边东边，观音仙姑比山石和莽林
更接近自然。而在因病关门的寺庙

楼上住着不修道的人，买牛杂的人
没有等到一个客人，一条狗也不愿
拦在我前面，而我把四只鸭子逼落
水泥窄路并非出于恶意，仅仅是我

不得不与它迎面相逢，就像我不得
不离开彼处，乘着陌生人撑的竹筏

2021－04－17

飞虫

从奇台到青河
几万平方公里荒凉之地

无绪的飞，我似乎在等
一辆越野车的灯

我的尸体像琥珀一样
留在了车窗玻璃上

2021－07－21

路标，寻盐湖不遇

黄沙走石

临时的雨

流断临时的路

涌水泛上青草

切断两仞山，沙漠上

无路就是无限的路

工程车多如草原上的牛马

如红尘的车轮碾压出的路

年久失修断断续续的公路

铺设中的无尽公路

北塔山下绕着

一百里风车急走

不死的胡杨林

无人机眼中淡水湖

和绵长无车的省道

路不如无路

盐湖只在地图和史志上

古人所说的真相

我们的眼睛已看不到

而路就是路标

2021－08－02

香港之歌

白色的图书馆
像老家的屋檐
住满了南飞的燕子

南飞的历史和人
也曾住在这里
那时候没有白色的图书馆

东梨寻古鹿不遇

——观《鹿草木夹缬屏风（复原）》

草木丛生，野鹿低回、止步，折成对方的影子
在旧时日中如此缓慢地忘记泉水和颜色
在风沙中，在陌生人的手中，只记住了靛蓝

残损的往事流落海岛，没有迎回它的古舟楫
我们要学会古老的技艺，学会再次找到草丛
学会等待草丛中木花开放，逗引鹿群从靛蓝

重回万物自在的颜色，祂们会在影子中看见自己
而我不知道新生的鹿群是否还记得前世的草木
木活字刻印的宗谱流传千年，上面没有祂们的名字

2022－11－12

湖底水怪

你把身体沉入湖中
就像它不会再浮起一样
飞逝而过的轻舟上那对恋人
不一会儿就将被风浪吞没
阳光射穿湖面直抵你的头颅
渔船里渔夫思念家中妻儿
直在漩涡里打转
这能掀翻一艘钢铁军舰的海浪
还催促鱼群走远，岸边的村庄也被掏空
海贝留在枯萎的大地上
被太阳晒得发臭
折断的树枝上挂着没走远的尸体

这一切，就发生在你头顶
你呼了一口气，卷起一个漩涡
一阵海浪，你就往海底沉沦下去

2018－03－09

防风氏

——故事新编

"昔禹致群神于会稽之山，防风氏后至，禹杀而戮之"
——《国语》

"十年，帝禹东巡狩，至于会稽而崩"——《史记》

1

开会迟到，罪可以致死
而如何杀，愁煞大禹王
或烹，或煮，或蒸，或烤
小子启提议，而诸侯颔首
五马分尸，腌制三年
窖藏于洞，以俟后人

2

防风氏之国，临海而多风
风卷尘沙，毁树与木，破城与人。
御风而行者，可北上，可西进
荷锄带月者，垒石墙以阻风沙
防风氏素称勤政，政令四通

"凡所有人等，居家沉默"
防风氏素称爱民，政令四通
"凡所有人等，皆戴头巾"

千余年后，有名老聃者谎称
"飘风不终朝"
而北风飘飘铁旗猎猎
二月春风似剪刀
只要有风，只要有风
只要有风，就不能出门
因为风伤害了梅花
伤害了山涧里的冰
伤害了美人的长发
伤害了纸鸢和飞鸟

你却苦苦地问
何日能出门？何日能下地？
地荒芜了，你忘了门外的路
防风氏曰："待到天无风"
春风和煦，又见野草
你的胡子渐白，时日无多
头巾长在头上，就像头发

防风氏三过家门而不入
一直在路上，勤政爱民
甚至耽误了诸神之盟
大禹王一声令下
刀戟与血肉乱作一团

3
小子启催促夏禹东巡
催促他到防风氏之国
催促他死亡交出帝国
就这样，原始的时代
结束了，历史开始了

2022－10－16

续《茅屋为秋风所破歌》

"何时眼前突兀见此屋"
屋中人，我不知你姓名，
或叫张三、或叫李四，
但不能叫王五，王五有刀

你佩戴的首饰不是金锁，银锁
沉重项链上锈色花纹
天然无雕饰。试问谁为你带上
董仲舒？董卓？

在学会滑雪之前
你要学会受冻死亦足
此屋物换星移，瘟疫般扩散
"以天地为栋宇，屋室为裈衣"

但诸君可知我祖上李莲英
裈中空空荡荡，头上辫子秀美

读《老子》七三章忆宋教仁案

天网恢恢疏而有漏

而你能想到的，一定有漏

婆娑世界众生有漏

比如有些领导先走

小孩就漏了

高端人口留北平

低端就漏了

把不住的口漏风

衣袋漏硬币

卫生巾也侧漏

而老杜草堂的漏

是一句诗、一段影像

一个永远迟到的审判

遥遥在船上

而船也漏了

"所有谋杀都是谣言

这世界太平如狗"

我们应该相信

他死于一场意外

2021－05－11

徐公小传

城北徐公有一妻一妾
妻无名氏，妾杨氏
具言徐公美。有八子
姓氏各殊，时人异之：
李玄、钟离、张果、吕岩
何琼、许坚、韩湘、曹景休。

徐公善开锁，一桌，一椅而已。
铜锁、铁锁，挂锁，漏斗锁
应声而开，其音如珠玉，羡者有之。
某日，徐公怜妻无齿
以锁代之。或曰"牙为瓷
而锁为金，世未有如此痴情者"。
族人上书，嘉赐牌匾一面：
"多子多福，八子国士"。

今有善演饥饿艺术者，
自囚于笼中，窥徐妻金锁

而欲开之，屡试不得。

呻吟呼啸间，聚众围徐公宅。

徐公族人知之，怒而告县官，

县报府州，府州报道路，

道路报刑部，刑部报宰辅。

金牌十二道，皇恩浩荡，

等包龙图，等来了庞太师。

于是满座寂然，无敢喧哗者。

众人两股战战，几欲先走。

忽然太师抚尺一下，群响毕绝。

注：杂《口技》、《邹忌讽齐王纳谏》等而成。

2022－02－23

你慌什么?

你慌什么?海贼们已经收拾起刀剑安安心心航海了,无人与海军作对青雉和赤犬的区别不重要了,正如罗杰和金狮子的区别也不再重要了被攻陷的司法岛已经重建坚固如铁犯案的莫利亚由公正的多弗朗明哥处决。犯案的多弗朗明哥由公正的藤虎押解赴京。而五老星或站或立用刀守护消失的历史正文。八百年伟大、光明、正确的统治者天龙人生活在安全的马林福多,带防护罩呼吸高贵的空气,这里只有温顺的平民,温顺的海军,而没有肥胖的丑女玲玲,没有残暴、热衷自杀的人兽凯多,纽盖特死了,红发断臂黑胡子还在忙着养两颗果实。一切那么美好!马林福多只有太阳从不下雨。斯潘达姆正在巡视,所有人都只是航海,没有海贼。你慌什么?

浪淘沙令或后之视今，亦犹今之视昔

"帘外雨潺潺"，你说

我围着电脑吃西瓜，门外 40 度高温

夕阳无限好，酒红溅满窗户

读诗于事无补，而我无暇去想 15 年前

你斜倚在沙发上，思考晚饭做几个菜

多做一个菜我就多洗一个碗

我擦嘴，听领导人慰问受灾群众

你换台我没有意见，老中医也挺好

哪有什么"春意阑珊"，时间像达利的钟

瘫痪在地上，我伸手没摸到空调遥控板

"罗衾不耐五更寒"，你还是盖上被子吧

辗转反侧，低低呢喃，鼻息深沉

你"梦里不知身是客"，猛然惊醒

就不认得我了，抱着我脖子，哭了起来

是盖亦忧，不盖亦忧，然则何时而乐焉？

阳台上，夜风贪欢，有些凉

"独自莫凭栏"，我有 15 年没见你了

15 年前，你还在读书，我也还在读书

但太阳太大，迷了眼，"无限江山"

沟壑纵横，野渡无人，你在水一方

"别时容易见时难"，你说小径分叉之后

我们能否偶遇，无限分叉，就是无限偶遇

但时间只有 15 年啊，厕所里水声潺潺

"流水落花春去也"，春去了，春去了

蝉噪林逾静，我们躺在一起，好像 15 年

就一躺而过，星星也一躺而过

饭菜也一躺而过，我搞不清楚

15 年前，我有没有和你分手了

我想我是热糊涂了，偌大的房子里

只有月影啊，"天上人间"

一间枯瘦的房子里，只有蛛网和落叶

大漠孤烟直，长河落日圆

你用笔写下的诗句和沙滩上的面孔
都在昨夜凭空消失你刻在塞北无名
石柱上的那些图案已无法与夜风的
痕迹区别千年古城被一场时间中的
风沙掩埋假若我的眼睛悬挂在天空
我将看到大漠之上一股与人无关的
飞烟直直上升毫无目的而遥远之处
宽阔河面上野渡萧条只有一轮红日

婚礼

悬崖下

野花遍地，阳光灿烂

我摘下眼镜，起雾了

轻盈，忧伤。花香沉醉。

身后，城中

彩旗和鞭炮

婚礼又重新开始

他一动不动

风中乐歌古老

他等待紫色的夜幕

等待正与别人幽会的新娘

婚礼像哀怨的宋词

雨霖铃或者蝶恋花

平仄、韵脚无不合辙

上门提亲

下聘、娶亲

拜天地、入洞房

你被安排在适当的位置
以便填完一首词
可他忽然不想填词
于是跑到门外
那里没有井
却不小心掉进了河里
也许那是一个湖

蓝色的青海湖
连影子都是蓝色的
马放慢脚步，成了一道影子
草原上羊群透过湖水和白云
一起隐没在蓝色的天空

他们五步一拜，十步一叩
要绕圣湖一周，虔诚如我
我是一个无耻的虚无主义者
自相矛盾自得其乐

我们做爱却从不谈论爱情
我们知道一切终将结束
于是谨慎地沉默

一旦开口
语言就是手术刀
将我们割开
仿佛我们从来没有爱过
仿佛我们只谈论过爱情

我沉迷于你的嘴唇
撕咬你的乳房
我像一块砖被砌入墙中
一个字被钉在一句话里

夜读佛经

你忽然想起读佛经那晚

半夜，天上飞机轰鸣

心因猝然中断的梦而跳动

你也想起过操场外的一对新坟

只是今天你想起了佛经

读《维摩诘》，和佛子谈缘起

谈未来某天作为一个佛教徒的我

（连我自己也不是全然不信）

我不记得多久没读佛经了

（昨天，为了核对一条引文我查了

《续藏经·卷四十六》。看，没读）

书架上放着两本佛经

《金刚经》、《六祖坛经》

没有灰尘，它们边上是一套《希腊哲学史》

今晚我不会把它们抽出来

不会焚香沐浴开偈读经

只是想到几年前我不信佛

但那时我在很多地方读了很多佛经

牛头赋

狱卒名傍，牛头人手……

——《五苦章句经》

一只角，是独角兽

两只角，是地狱卒

可怜的狱卒

不论林中路多长多潮湿

从来都独自领着冤魂

（所有渴望生命的人

都死于非命）

他举着钢叉而非光洁的灯笼

你以为见到了另一只

（从来没有马面）

那只是眼中的重影

从来都只有一个

这条路祂走多少遍与你无关

月亮光洁的乳房

乳汁洒在树梢

长成紫色的松针

漫长的路上，无人搅扰

你看到松针尽头闪闪发光

想说些什么

祂沉默不语

你不再恐惧可怕之物

一朵小花像昨日街角

穿绿色羽衣的姑娘

匆匆走过，不对你笑

转角处，一盏铁青色的路灯

（瞎了）

记忆，最后的凌迟

在黑夜中，不用眼睛

你努力睁开

只有不发光的眼白

当你举起蹄子

想去抚摸乳房

一只角长成了两只

独自领着冤魂

走在无光的林中小路上

孟婆赋

最后一段路

骨瘦如柴

你面无表情

没有脸孔

独自面对每个人

面无惧色

不疾不徐

在他们耳边说低语

我不确定

我们所闻是否相同

我一愣神

沉思再三

你不焦急

在无时间之处

无物焦急

我所爱的女人

嫁作商人妇

我的父亲

和一颗子弹同归于尽

他无法告诉我

他的选择

我抬头仰望

所有事物都被镀上了玻璃

用我陌生的语言交流

用冰冷拥抱

用冰冷亲吻

连相爱都是冰冷的

我坐在

圆明园路一家咖啡馆里

窗外石板、雨水

和行人一起破碎

我坐在

后门外

背后田野荒芜

枇杷树数十年

不开花不结果

田埂上读诗的少年

不耕田不种菜

四体不勤五谷不分

也在阳光的阴影里

碎裂如老屋的窗子

我已记不起她的面容

父亲也被打碎了

一个我并不比另一个清晰

雨水和阳光的阴影

洗刷我的油画

和水墨

我来不及补笔

我已空空如也

这一千年来

除了追忆往昔

我无事可做

我不是福内斯

也不是普鲁斯特

人间之事

玻璃如冰

冰融为水

短短百年身

随水东西去

清澈溪水里

长满苔藓

鱼虾螺蛳

悠然见南山

说唐

比如，一部久远的小说
最先浮上脑幕的是
连夜奔波，扛千斤断石的
雄阔海，力竭而亡
而活着的是谁，我已模糊
我也是想到单雄信
割袍断义，才想起那个主角是秦琼
想起单雄信独踹唐营时的失落
才想起是尉迟恭在追打他
我只记得这些，其他要很努力才能回忆起
比如，卖枣红马，比如李元霸举锤骂天
天打雷轰，而之前，他手撕宇文成都
比如，四明山。

读书笔记之康德
——论可能性

"他们突然

离开了这个地基

转入

单纯的可能性的

领域，在那里

他们希望驾着

理念的

双翼

飞临

那曾经逃过了

他们的

一切

经验性的

探索的东西"

——摘自康德《纯粹理性批判》，邓晓芒译，人民出版社 2004 年版。

读书笔记之康德（2）

"如果

读者曾带着

好意和耐心

和我结伴漫游

这条大路

那么

他现在就可以判断

……

许多世纪都未能做成的事

是否能在本世纪过去之前

完成？

在至今都白费力气的事中

达到完全的满足？"

——摘自康德《纯粹理性批判》，邓晓芒译，人民出版社 2004 年版。

不可知之书

"世人大共非訾，以为好奇者也，故诡更正文，乡壁虚造不可

知之书，变乱常行，以耀于世。"

——许慎《说文解字·序》

一

尧让天下于许由

但尸祝不要庖人代俎

肩吾后退一步

靠在虚构樗木上

一步之间

屈原投河

江鱼未饱

连叔已死

错谬浮生

胡言乱语

"乌有之乡

广莫之野

彷徨无为……

无所可用

斯困苦哉？"

二

在此，广莫之野上
错的地点
错的时间
与错的人
谈了一场
偶然、美妙的爱情
而抬头时
飞鸟遗屎
人间正道是沧桑
但我既不种苍松
也不种桑麻
于是我不断偏离
正道，在此
广莫之野上

三

假若汨罗未尝断流
就将流经此处
然，泛滥成灾
亦不曾淹死一字

值此，我有三首

其一用来思索

剩下用来头晕

只差一步

混沌的壶子

就落如悬崖

恍兮惚兮

惚兮恍兮

多走一步

他就丧我了

这一步

他没走

是悬崖勒马

行百里半九十

一念成佛

一念成魔

迷为众生

悟成佛

站在细如时间的界限上

他不知左派右派

激进保守

彷徨无为

四

一步踏空

海岸塌陷

一叶扁舟

偶然之海

漂泊如风中雨

你是海上

唯一的旅人

头发蜕成鳞片

手指蜕成繁體

雪白的脚蜕化成青銅鼎

婴儿蜕化為老人

山贼蜕化為海軍

大海之上

海波碧如时间

时间遗落海岸

海岸早已塌陷

五

時鐘丟失

晝夜之界

被馬料水抹掉

徘徊新亞書院

三月之久

他把被子、破鞋丟給

香港

拖着一箱

不可知之书

穿过罗湖口

一步踏空

海岸塌陷

一叶扁舟

偶然之海

漂泊如风中雨

你是海上

唯一的旅人

死了也无人收尸

你是海上

唯一的偶然

一闪而过

一再从来

六

可怜人已死

我无心寻找

凶手和尸首

石板路，等待

焦急的月亮升起

等白云变紫

等子夜来临

黎明突降

等日子过去

我彷徨又彷徨

无从获救

那缕假光

突然亮了

我站立

却低下眼垂

我甚至不是自了汉

我身体燃烧

却并不发光

点燃就终将燃尽

太阳会燃尽

蜡烛也会燃尽

一具尸首也会燃尽

一具肉身也会燃尽

黑色的火没有烟

没有狼烟就没有援军

都是徒劳无功

都是黑夜也会有倒影

都是反射撕开一道血口

都是终将被黑暗吞噬

七

对镜割耳

浸入瓷碗

梳理肠子

剪净指甲

误推左门

深如眼窝

从右门进

不平的泥地

几只旧箱子

昏暗的房间

当梦开始刻画细节

我亲吻自己的尸体

从一边到另一边

从一字到另一字

我仅仅侧了

半个身子

一个形旁

就与死亡照面

并且战胜祂

并且我死了

肩吾如是说

或，写到

十方世界

百家往而不反，……道术为天下裂。——《庄子·天下篇》

经：

一 王某

王倪，腰疾，吃草，吃狗肉

而且好色，混淆是非

一问四不知，还舔着脸说

"吾恶乎知之"。做牛做马

苟全性命于原始社会

满脑子火烧不怕

寒冻不死，泰山崩于前

"而不能惊"。以上。

二 吴某

吴老师，年轻貌美

在寂寞的乡下教书、生皱

她漫长人生中，教过学生无数

桃李不言，野草丛生

她说话之多，语言之链

可以将刑天束缚

但我只记得那一堂课上

她说的"沉鱼落雁"

三　沉鱼落雁

沉鱼落雁，典出

《庄子·齐物论》

沉鱼，西施也

落雁，昭君也

意谓：一个女子如此美丽

以至于鱼见之羞怯

以透明的水掩面

飞雁迷而坠入黄沙

四　悠悠

悠悠陷在沙发里

像献祭的圣女

"不记得这些了

我连当年的自己都不记得了

我比较务实，只关心现在
毕竟我是两个孩子的妈妈
每天都有做不完的事
我得去做饭了"

五　大禹
2010 年，我痴迷于疑古
"禹之本义为虫名，
犹鲧之本义为鱼名，
夔、龙、朱虎、熊罴之本义
为毛虫、甲虫之名也。"

借二手文献考证
落雁非昭君
西施不必是沉鱼

六　王倪
那段话，也就是王倪那段话
我们一般认为，庄子表达了
一种相对主义立场。
黄勇教授则解读为：
"正当的行动乃是考虑到了

143

我们行为对象的特殊性的行动"

而这节和上节之间
相隔七年，缺略无法补上

七　毛嫱
維塌陷之宇兮
驚我夢魘
遇漢之毛嫱兮
握其素肘

彼以詞為身兮
詞毀人亡
於我既無言兮
伊無所歸

八　无人
"沉鱼落雁……"
她的声音暗哑
夜滑入黑森林
毛嫱跟人跑了
不知去了哪里

好写史的汉人

没留下他名字

无名就会失踪

九　毛某

我是在一个光晕褪去的晚上决心要回头看的

可当我回头看时王倪早已经不见了

一起不见的还有他脚右边密密麻麻的注释

他先是说了一堆话然后什么也不说

我给他穿上西装打上领结人模人样

让他和毛嫱结婚是我一个临时的主意

当婚礼在巴洛克风格的教堂里举行并对着孔老夫子起誓时

并没有人给这对短暂的新人送上祝福

十　无题

当我终将走尽这条路时

我需不断解释

王某和毛某是如何相爱的

没有这些，王某甚至不能去死

这令我十分被动

我只能说毛嫱有沉鱼落雁之容

而王倪恰好叫了她一声

"鱼见之深入，鸟见之高飞"

（你看，万物都为你们雀跃）

注：

一、 天下皆知美之为美，斯恶已；皆知善之为善，斯不善矣。有无相生，难易相成，长短相形，高下相盈，音声相和，前后相随，恒也。（《老子·第二章》）

二、 反者道之动，弱者道之用。天下万物生于有，有生于无。（《老子·第四十章》）

三、 啮缺问乎王倪曰："子知物之所同是乎？"曰："吾恶乎知之！""子知子之所不知邪？"曰："吾恶乎知之！""然则物无知邪？"曰："吾恶乎知之！虽然，尝试言之：庸讵知吾所谓知之非不知邪？庸讵知吾所谓不知之非知邪？且吾尝试问乎女：民湿寝则腰疾偏死，鳅然乎哉？木处则惴栗恂惧，猨猴然乎哉？三者孰知正处？民食刍豢，麋鹿食荐，蝍蛆甘带，鸱鸦耆鼠，四者孰知正味？猿猵狙以为雌，麋与鹿交，鳅与鱼游。毛嫱丽姬，人之所美也；鱼见之深入，鸟见之高飞，麋鹿见之决骤，四者孰知天下之正色哉？自我观之，仁义之端，是非之涂，樊然淆乱，吾恶能知其辩！"啮缺曰："子不利害，则至人固不知利害乎？"王倪曰："至人神矣！大泽焚而不能热，河汉冱而不能寒，疾雷破山、飘风振海而不能惊。若然者，乘云气，骑日

146

月，而游乎四海之外，死生无变于己，而况利害之端乎！"（《庄子·齐物论》）

四、 啮缺问于王倪，四问而四不知。啮缺因跃而大喜，行以告蒲衣子。

蒲衣子曰："而乃今知之乎？有虞氏不及泰氏。有虞氏其犹藏仁以要人，亦得人矣，而未始出于非人。泰氏其卧徐徐，其觉于于。一以己为马，一以己为牛。其知情信，其德甚真，而未始入于非人。"（《庄子·应帝王》）

天下大乱，贤圣不明，道德不一。天下多得一察焉以自好。譬如耳目鼻口，皆有所明，不能相通。犹百家众技也，皆有所长，时有所用。虽然，不该不遍，一曲之士也。判天地之美，析万物之理，察古人之全。寡能备于天地之美，称神明之容。是故内圣外王之道，暗而不明，郁而不发，天下之人各为其所欲焉以自为方。悲夫！百家往而不反，必不合矣！后世之学者，不幸不见天地之纯，古人之大体。道术将为天下裂。（《庄子·天下篇》）

五、 余睹李将军，悛悛如鄙人，口不能道辞。及死之日，天下知与不知，皆为尽哀。彼其忠实心诚信于士大夫也。谚曰：'桃李不言，下自成蹊。'此言虽小，可以谕大也。"（西汉·司马迁《史记》）

六、 王倪者，尧时贤人也，师被衣。啮缺又学於王倪，问道焉。（曹魏—西晋·皇甫谧《高士传》）

147

七、 携西子之弱腕兮，援毛嫱之素肘。（东汉·边让《章华赋》）

八、"禹之本义为虫名，犹鲧之本义为鱼名，夔、龙、朱虎、熊罴之本义为毛虫、甲虫之名也。"（清—民国·崔适《史记探源》）

九、"正当的行动乃是考虑到了我们行为对象的特殊性的行动"。（黄勇《全球化时代的伦理》）

十、 词语不是通过描写获得它们的力量的：而是通过命名，通过召唤，通过命令，通过谋划，通过引诱，它们才切入实存之物的自然性，才将人类安置在他们的道路上，把他们分离为诸多的共同体，又把他们统一在共同体之中。（法·朗西埃《词语的肉身》）

疏：

一、 美。"美"之一词的语义学史，要如下述：希腊人之美的概念，其用意要广泛得多，外延所至，不只是及于美的事物、形态、色彩和声音，并且也及于美妙的思想和美的风格。……然而，早在公元前五世纪，雅典的智者们就缩小了原先概念的外延，将美界定为"那透过了视、听而予人快感的东西"。……斯多葛学派……其用意可以说跟智者们所定的同样狭窄。……中世纪和近代的思想家们，接受了古代人概念上以及术语上的各项配备，同时还依照他们他自己的知识，增添了一

些补充。（波兰·塔塔尔凯维奇《西方六大美学观念史》）

二、 反。何谓反抗者？一个说"不"的人。然而他虽然拒绝，却并不放弃：他也是从一开始行动就说"是"的人。（法·加缪《反抗者》）

三、 刍。作为动词时是割草、拔草，作为名词时是草，喂牲畜吃的草。作为提意见时是肤浅，作为吃草的牲畜，也可以叫刍。

四、 非人。佛陀认为非人有五种：应笑而不笑、应喜而不喜、应慈而不慈、闻恶而不改、闻善而不乐。

五、 李将军。

齿白唇红双眼俊，两眉入鬓常清，细腰宽膀似猿形。

能骑乖劣马，爱放海东青。

百步穿杨神臂健，弓开秋月分明，雕翎箭发迸寒星。

人称小李广，将种是花荣。（明·施耐庵《水浒传》）

六、《尸子》云："蒲衣八岁，舜让以天下。"崔（撰）云：即被衣，王倪之师也。（明·陆德明《经典释文》）

七、 西子。西子联合是一家以装备制造为主，跨行业经营的综合型企业集团。公司总部位于浙江杭州，旗下产业涵盖电梯及电梯部件、锅炉、航空、立体停车库、起重机、钢结构、房产、商业、农业、投资等多个领域，是中国 500 强企业之一，现有员工近万人。

八、 夔。姜夔，字尧章，鄱阳人。先世出九真唐中书门下侍郎，公辅之裔。八世祖泮，官饶州，任教授。父罳，绍兴进士，以新喻丞知汉阳县。夔从父宦游，流落古沔，冲澹寡欲，不乐时趋，气貌若不胜衣。工书法、著续，书谱以继孙过庭，颇造翰墨，圃域诗律高秀，啄句精工，词亦清虚。骚雅如野云孤飞，去留无迹。尤娴音律。初从萧剌学诗，剌扩之耆，妻以兄子，一时张枿、杨万里皆折节，与交而楼钥，范成大更相友善。绍兴中，秦桧当国，去隐武康县。箸坑之丁山累荐不起，高宗赐宸翰，夔建御书阁以储焉。尝患乐典久坠，欲正《容台》乐律。宁宗庆元三年，诣京师，上《大乐议》一卷，《琴瑟考古图》一卷。诏付有司收藏，特予免解，时有疾其不能者，以议不合而罢。五年，作《铙歌鼓吹曲》一十四卷，上与尚书省，书奏诏付，太常周密以为言辞峻洁，意度高远，有超越骅骝之意，非虚誉也。居与白石洞天为邻，因号白石道人。时往来西湖馆水磨方氏，后以疾卒，葬西马塍。（清·陆心源《宋史翼》）

九、 特殊。这条特殊化的法则可以这样来表述：事物的多样性不得随意减少。

……这条逻辑法则，如果不以一条特殊化的先验法则为基础，也会是毫无意义和用处的……它（指特殊化的法则）所主张的只是就可能分割的逻辑范围的不确定性，然而这先验法则却责成知性在每个向我们出现的种之下寻求亚种，并为每种差异性，寻求更小的差异性。（德·康德《纯粹理性批判》）

十、 词语。对于古德曼这样的哲学家来说，艺术和科学只是构造世界的不同方式而已。在库恩"范式"概念基础上，罗蒂认为不同语汇意味着不同的世界。

2017－10－8

无题（一）

你把手搁在一张旧松木桌上
没发现，一条蚯蚓爬了上来

而当手爬满蚯蚓，松树皮般
裂开就握不住筷子和时光了

就算插满管子，手掌也不长
松子、萝卜只剩烧焦的谷堆

而你知道手不能垂下，迟迟
放桌上，一只松鼠跳过松树

无题（二）（或缝衣裳）

你身上的衣服是我十年前
缝制的。那时我尚不喜读
摩诘，手中的双筒枪还有
原始的激情。我是九龙山
最后的猎手，学会打枪时
发抖，行猎时，只走祖先
走过的路。在路上我见过
曾祖父的坟，我们死在哪
就埋在哪，猎人是丛林的
守护者，道成肉身的山神
我枪法退化，依旧足够在
七十米内，剥夺任何一只
动物的肉体与灵魂。我们
夜观星象，从不近视，能
辨别三十种绿色和野兽的
粪便。秋至，饮水周公源
我察看走过的野兽，带着
各自的名字、花纹和粪便

在古老地盘巡视。我起身
举枪。你问我是什么动物
的皮，如此温暖合身，我
腼腆一笑，有点手足无措
你已很久不爱我，镇上的
闲言，我是个无能、古老
的猎人，而你也信以为真
我这样想时，月上柳梢头
隐去了一半，像释迦牟尼
拈花一笑，我就从床底下
拖出那具无衣的陌生人。

无题（三）

"反认他乡是故乡"——题记

童子黉夜览卷

松风皱起

蝉叫了半晌

声沿墙角一条野径

潜入漆黑的房梁

父亲悬挂于此多年

窗外萤火，被风吹灭

被吹走的还有一窝蚂蚁

一条口是心非的三足狗

（剩下那条腿做了门栓）

父亲脚上、脖子上挂着铃铛

雨夜山头芭蕉无声

电灯还未发明

一条蛇偷上野径

吞噬父亲的腐肉

童子两鬓成霜，以为杀了狗

放逐了蚂蚁，插上门栓

黑夜就不会进入房间

"甚荒唐!"

无题（四）

趁你伏案写作，一只噬血蚁
爬上手指，你将它摁死
它又钻入鼻孔，你又
将鼻子拧掉，而窗外雪花可餐
纸上鼻血不深；桃花
开满荒坡，学校后山没人偷情
光明正大关上门，就是爱情
但角落里那只噬血蚁并不死心
挂在房梁上，布满蚁卵的右腿
像风干的腊肉。趁你伏案
写作，他穿过肛门
跋涉在机器生锈的神经工厂
打破几盏电灯；你就模仿梅洛·庞蒂
迅速将笔插入口中，突然，时钟
跌倒了，咔嚓——噬血蚁被齿轮绞死

无题（五）

你看着日子变黑
而夜
和白天一样，荒凉寂寞
甚至没有阳光

你等待回复
但天地不仁
祈禳的事，你早记忆糊涂
道场破落你等待回复
而无神回复

何况人

2018 年 1 月

无题（六）

从封面和目录就可以知道
它是一本冗长的战争小说
死掉的人在前一回白衣渡江
已石化的命运被印在纸上
我将它放回书架，那些人
不管有无名字是否"暗淡了刀光剑影"
我都对着夜窗外樱桃河念叨几句
逝者如斯夫。另一本书开头
"咱要是发起脾气来就会拔剑动武"
我知道战争是个幌子家族恩怨
历史传说政治阴谋也是幌子
但我还是撕了最后几页（我知道
最后的结局）想让你写
不舍昼夜是"凄凉"还是"和解"

无题（七）

你深夜读诗，惊醒两鬓白发
书卷落炉边，折旧了一角
你曾爱慕的姑娘，她孩子都已久辞人世
两更入睡三更起，醒来的时间就是白天
而白的漫长，长生就是无法闭上的眼睛
你想再去拨燃篝火，却点着了整个房子
时间的火烧焦了她的名字，我奄奄一息
知道还有漫长的日子要度过

无题（八）

你推门出去
野草荒竹遮住了目光

灰鸽和匕首的夜晚
一具尸体停止飞翔
星星倒映在土地上
火把、霓虹、车灯
手机屏幕和人头闪烁
翻修的城市还在施工
工人得以维生的锤子
赫淮斯托斯的锤子
迥异于尼采的锤子
玉臂匠的锤子误了宋江半生
既然你知道结局处
印着定价，上架理由是社会学 文化史
于是返回开头，重走一遍
开头处写着两个大字
"目录"

独立于时间之外
赫淮斯托斯这个跛子
无法再次踏入同一条河流
金大坚在宋徽宗手臂刻上
"人并不追求幸福"

你推门出去，舅舅的锤子才是真正的锤子
没有任何神秘特征，只用来将钉子钉入木头
木头嵌在一起，就是棺材
空空的棺材停放在荒野上
野草荒竹遮住了目光

无题（九）

是啊！他也想
想什么呢。
其实并不清楚。
阿六结婚时他去了
他有些伤感
但他并不想结婚
甚至和阿六不熟
村头摆酒
各自客套罢了。
但伤感是实在的
连续加班第十三天
十三是不吉利的数字
一栋楼，他最后离开
（其实大可不必如此
没有人逼他）
下雨时他又伤感起来
深夜的归途上水过脚踝
星光喂了雨。水，黑。

他也想，床头的书

《历史主义贫困论》

一本糟糕的书

因信称义，胡说八道

漏洞百出。但每个宗教

都有信徒，就像下雨了

总有人要出远门

（也许是回去）

总有人要淋湿

他想要听一首老歌

但想不起名字

他想回去就睡了

但还是玩了一会儿游戏

他想，再玩一会儿就睡

但一翻身就睡着了

2020－05－20

无题（十）

天空是头发的颜色

由黑到白

理发师是一个和尚

从小学会理发

剃刀将子夜剃去

断裂处，涌出一座白塔

而草是蓝色的

在黎明时分

棕色的松柏在地上

伤口处没有血迹

没有照片，没有蜡烛

没有字迹

锡纸点燃了飞蛾

在空中飞旋

我们来自于灰，复归于灰

土地不再回收异物

灰在风中迷路

墓碑上没有语言

没有一只活鬼

没有一阵风

在一个紫色的黎明

不断凝固

你有三天没洗澡了

也许更久，你知道洗是必要的

你还有人要见，或者没有

你有时间，玄想、看书、玩手机

但就是想不起来要去洗澡

像一个瘫痪在床八年之久的糟老头

身体开始发黑、发臭、发光、发亮

你思念土地，你的红黄壤

你小时候在上面种过番薯、土豆、玉米

你将不断接近它，也不断凝固

凝固成白骨只是第一步

牙齿脱落如一颗塑料纽扣

然后是变成烂泥

你没有头发，你不是和尚，只是没有头发

（有一个传说或诅咒或美好的祝福，

所有的博士都会秃头

不知是否因为僧侣们曾经垄断了知识?）

你没有牙齿，你不是老子，也没有舌头

当然，幸运的话，你会成为化石

住进博物馆，继续在时间中凝固

不过，凝固似乎也没有那么绝望

因为时间中，从来都只有你一个人

临渊羡鱼……

没有声音

丢下了七块石头

依旧没有声音

你目睹河流

静如他人之死

不论丢下多少

多大的石头

你都听不到声音——

千仞之下

无物与你相关

如是我闻

你多走了一步

你知道你只要多走一步

就可以听到

生之回响

叶落归水，再见了啊

飘浮的月光没有脚
就像我没有故乡

从枝头飘落的
只要不是针叶
就会落入溪涧

甚至松针也刺入
潜流，只为了
无尽的流浪

你不再寻找土地
不再守护什么
如所有终将陨落的星辰

你属于黑夜长畸角的宇宙
你永远踏入不确定的河流

周公源死于乌溪江

瓯江埋在东海

枯叶是江水的尸首

它只是看到人类从猴子

变成骨头。既然没有了

未来，枯叶就是海上

永不沉没的船只

漫无目的，百无聊赖

不喜不悲，像最后一座

木碑。

我们的神

我们头顶上的神明
仅仅三尺之高
被扑杀了。

我们的神
努力与我们一起生活
照料无人照料的人

他运送的青菜未抵达
稻谷违了农时无法播种
他检测未测，透析未做

即便黄昏将至
他时日无多
也关心人间的粮食

但瘟疫的神
到处做爱，旁若无人

养育所有的恶

晚近的古老的遗忘
这个世界是多么可怕
到处都是行走着的人

2022 - 04 - 06

千古悠悠的蚯蚓

想说就说吧
你以为人所共知的
实际上知者寥寥
有些人没见过麦子
不屑何谓彼稷之苗
自无法体味中心摇摇
就像胡琴断弦
流水击石山高路绝
但白纸上的黑字
古奥的蚯蚓
爬满整个荒丘
十几页新坟
被盗了八个
蚯蚓依旧纠缠如枯枝

2021－06－16

我们，惭愧，太矮了

比如，你突然意识到
迷宫里沿女墙那条笔直小径
其实是弯的。比如你看到
靶子就在那里，箭射而不中
却总有人受伤。溪水垂落
如冰棱。枯坐办公室的人
已步入中年，把虚构人物
逐一谋杀，或在教堂
或在浴室，或地铁口，
也或是便利店。他不相信的事
比相信的多，他告诉别人
他曾经信以为真的东西。
他有一件旧衣服，脏
和夜班时间一般，洗不干净
零落街头上，往来的人
在一月冰风里，或打电话哭
或拥抱，或送外卖
就那么在这样一个人世等待

仿佛还有希望一样。

于是，他们谈起了五德始终

科学万能，虚无主义……

我们，惭愧，太矮了

迷宫里的每一条街道

都走不通。每一条街道里

都升起了炉子，每个炉子

都可以安顿五百一十二个日子

烽火和炊烟都在焚烧

我们再等等吧。我们再走走吧。

2022－01－10

夜的尽头是……

夜的尽头是苍白的早晨

小城，浓雾笼罩一切

不会有什么刺穿它

关于上一辈的事

传奇和尸骨都火化了

爱情和寺庙一样

香火旺盛，无人信仰

黑无常白天闲逛

随机屠戮街上行人

白无常黄昏出没

收拾现场清点数目

我坐在路灯下

背一个书包

左茶杯右雨伞

还有两本闲书

《罗杰疑案》

《逻辑学十五讲》

无聊等待，漫无目的

无风，薄雾东飘西荡
浓淡变换，行人萧瑟
夜的尽头是无聊的早晨

2022－03－20

登高

上山路陡行人渐少

植被也稀疏如空气

山腰一对恋人戏水桃花

星丛炸开了半个夜

屋顶安详

厨房安详，卧室安详

书房里的一本书也安详

镜中事物清晰无声

山中孤泊口含弦月笙歌

峰顶荒凉似秃鹰

飞将起来，你喊一声

天就亮了

2018－08－18

儿童节快乐

孩子，你睡眠安静
喜欢绳子胜于大床
你那样高冷，不愿与我
说话，但高处不胜寒啊
你不声响，安静如红木椅子
我想对你说说列子御风
果老骑驴，夜里
孩子，那么高你不怕吗？
那么冷，穿多少衣服才能
御寒？你睡在绳子上
头如月，悬半空
脚踏不见了的云
不怕高，也不怕冷。

某日的夜

一阵阴风把月吹灭

百鬼游街，三颗脑袋

在虚空里相互追逐

暂时不考虑猥琐的人类

鳗鱼游上拱桥等雾散

娶她的老鼠大摇大摆

黑猫孤独地保留女巫的信

地狱的火已经点燃

时间如下坠的魂灵

木炭暗红，来回的牛车上

独眼鬼卒和枉死的女人

已经无路可退。第一颗脑袋

被点燃，然后是第二颗

……世界是一团永恒的活火

日子

在重复的这些日子里
张三结婚了，妻子老唐
是他多年的同学
房子买在单位附近
（谁的单位，他也不清楚）
李四死于一辆喝了酒的车
穿过他温湿的肠子
葬礼和婚礼是同一天
我都没去。王五升了官
已经很少和我们说话
倒不是别的原因
仅仅是忙。孙六
换了工作，在塘河附近（?）
我有五个月没见他了
朱七赌输了一栋房子
一辆车，一个老婆
一个情人。但比沙十强些
沙十一怒之下捅了赵九三刀

断了自己的小小前程

而赵九躺在医院里

没死，但不如死了。

周八，在眼前一晃而过

每天去办公室不是看书

就是备课上课，生活毫无起色

在这些重复的日子里

（我就是周八）

你来人间一趟（2019—2022）

你来人间一趟，遍历众生万相
每一具肉身与其灵魂同黥纹
或使为之一曲古旧悲歌的续章

一个活人和一个国家一样
转动身体的时候浑身酸痛
灵魂离身而去，面目扭曲
发烧，咳嗽。它们已分两段

无法复原。那些行不义的
会等待下一曲奏响。埋骨何处，
难以预料，但墓穴早已备好。
在此之前他们劳累、富有而冠冕。

巨大的阴影笼罩在所有角落
小餐馆，高速路口，权力结构
我，还有你，我们这些蛇虫鼠蚁
牛鬼蛇神，全都是肺上的白点

我们怨天尤人，我们互帮互助
我们相互陷害，我们自尊自爱
我们夜晚怀抱希望想要去爱
我们白昼怀抱绝望沉沦虚无

所行的路绝不分叉，只此一条
但不知有多长，要走到何时
是如此的孤单啊，在这宇宙之心
我们举目四望，喊不出一句话来

低下头的时候，我们佝偻着背
走在我们走过的每一个地方
当我们迷路时，我们就很苍老了

2022－12－29

一个阳光明媚的下午去访友

月下小酌，与君闲话
我已久不出门，不知换了街灯
老刘去年拜访，也了无消息
我喜静喜收藏，喝点普洱
今君造访，无有美酒招待
并不打扰，只是寒舍简陋
只能以茶代酒，先干为敬

左边柜子上，前年入手的
一件东汉陶俑，难辨雌雄
这茶杯，三年前买的
不用许多钱，景德镇
那幅画，想是有十年了
在日本看中的，三百万
让你看笑话了，小癖好
早已不玩，费神
要是喜欢，拿去

还是羡慕你啊，有个好老婆
还在公安局吧，都做局长了？
也快，三五年，就是了
我如今收藏什么？一点小爱好
还不说也罢，你如今儿女双全
大丈夫当如是，我就是年轻时
一个人也是过，如今依旧单身
独自面对世界，收藏些子玩意
打发时光，无聊啊，日子的无聊
无聊的日子，喝茶啊，打发时间

你也无事不登三宝殿，我知道
你想知道的我都会说，不着急
最后的时间了，就让它慢一点吧
我也喜欢享受午后慵懒的阳光
你别说都有些中产阶级的伤感了
都是这些年养成的坏习惯早想改
就像我的腰间盘突出改不掉了
你要是困了就安静的躺一会儿
我会替你收好你的头的
我的刀是瑞士的质量没问题
我这儿的福尔马林都是德国进口的

你不用担心，老刘就在你边上你不会寂寞的

如今我就这点爱好了，我想你不会介怀吧

啊，你看，太阳都快落山了，你儿女放学回家了吧，你妻子在

等你吃饭了吧，可能要让他们久等了，说声抱歉吧

罪己诏

昨天九点，阳光正好
我公开宣布
这是我最后一次杀人
（我不必再提死者的身份
死亡就是肉体和名字一起被抹去）
闻者欢呼雀跃，鸡犬相闻

就在今晚，夜色如漆
在归家的小路上
一个无耻的尾随者
和他渴望爱情的影子
一起死掉
我看到我在一条幽深的小路上
摸掉眼泪
细致地分割尸体

鱼骨

今晚，餐桌只有鱼骨

鱼骨无法藏剑

所有危险暴露在灯光下

灯光昏暗如抹布

我吃下鱼骨

无法消化

我的胃无法消化

肠无法消化

甚至喉咙也无法出声

鱼肉乡里与我何干

我只有没有图案的鱼骨

坚硬在喉的鱼骨

把手，一只手伸入口中

十分淫秽，但我腹中空空

不能呕吐。我折取出的

鱼骨，沾满了血

我失去了语言

不能亲吻。我手中半根鱼骨
沾满了血，仿佛我是一个
凶手

庞大之物

失去大部分语言之后
连独裁者也失去了立锥之地
退化为无意义的符号
（也许还有残迹，但已不坚固）
与之对称的自由
衰变得更快。流云苍狗
混沌的七窍以开启的方式
复归于庞大之物，大音希声
穿着格子衬衫的青年人
发现如何重新用乡音说话
惜乎，哑巴沉默不语
风吹众窍，万物喧哗

局外人

他们都穿戴整齐
只有你穿了一双拖鞋
他们都站了起来
只有你还坐在椅子上
他们都朝气蓬勃
只有你目光无神
他们都唱起了歌
只有你闭口无声
他们都相信相信
只有你狐疑无聊

从什么时候开始
你不再是他们了？

2022－07－21

乡下人

先生，我来城里这么多年了
您也许没法一眼就认出我是
一个乡下人。但我和您不一样

您吃到玉米的时候，就是在
吃一根玉米，而我还会想到玉米地
烈日下掰玉米棒子，土灶台上
等待玉米煮熟的时间，还有我的母亲
我的父亲。吃饭的时候，我会想到插秧
会想到成熟的水稻，叶子和果实轻割的
皮肤上，会有汗水流下的辛辣，和痒

这些不是我的脑子想起的
是我的牙齿，我的胃，我的皮肤
手上的皮肤和脚上的皮肤
还有我那忽然间晃神的眼睛
而在您没看到的地方，我的脚上
还有没洗干净的泥污，裤腿上也有
这些都是我的胎记，我并不急于抹去

他们说

"我不得不告诉你最后的真相

我说的每一句话都是真理

太阳东升西落

这是铁的意志和规律

作为大前提

我是铁，作为小前提

进一步推论

你的出生

上学，毕业

做我喜欢的工作

和我爱的人结婚，生子

在我死后你的死亡

统统是出于我的意志和规律"

门

昨夜叮我的蚊子被拍死在墙上
没有人知道凶手
我捉回来的两只蜻蜓
藏在帐子角落里偷情
老鼠啃了一夜的鞋子

父亲将自己锁在门外
我嘲笑他的愚蠢
他要出一趟远门
钥匙在门外桌子上

我正在偷看一本禁书
没时间理会他
书里是一段乏味的历史
人物面目模糊、动机不明
热衷谋杀、埋尸和艳史

动物保护主义者的胜利之歌

我杀死了一只苍蝇

无人问津。又杀死一只

蝴蝶，被老师口头警告

终于我学雷平阳杀了一只

狗，一群善良的人

对我狂嘘，预谋杀了

恬不知耻，毫无人性的畜生

于是我转身杀了一只猪

他们就边吃边讨伐我

对于我拔象牙他们也

颇有微词。但他们最后决定

以虐猫之罪起诉我

但法院判我无罪释放

抗诉无效，上诉无效

我是一条赖皮狗

放屁入门

我一再放屁

（很臭，放的时候，好像在拉稀）

并不是我不再爱这个世界

我努力与它建立友爱关系

这很艰难，秋天到了

台灯昏暗，外面似乎要下雨

世界并不那么友好

我艰难地表达我对世界之爱

但我失去了语言

一股气（和张载无关?）从喉咙往下流

经过我的整个身体

和微观而完整的宇宙

一切都变了

我的爱在表达时被扭曲了

它——成了一个臭屁

犬儒主义者

自从找到一只合适的木桶
我就放弃了买房的志业
也无意去宽前额的人的家中
扯下一把又一把两脚鸡的毛
他出身贵族，我们同学多年
他的名号将像标枪穿过海波
病毒一样感染每一个港口
但我爱上在街头晒太阳
在一天天的光合作用下
我发现，我的基因属于植物
我的语言功能开始蜕化
有人走到面前欲行施舍
我眯缝着眼，半睡半醒着说
"请不要挡住我的阳光"

2023－01－24

考据学者

你捧着一本《周易》，孔颖达的疏
细致考证一个错误的注释为何正确
我和你看同样的书
似乎也做同样的事
而你是去上坟
我不过是奉旨盗墓

欢乐颂

这是一曲欢乐的歌

这是愉快的一天

啦啦啦啦啦啦啦

我们的欢乐与贝多芬无关

我们只做低俗游戏

手牵手我们一起玩

只要你要高兴

先把手臂拧去

且当法老的权杖

眼珠当弹珠可以弹得老远

另一颗做权杖上发光的夜明珠

啦啦啦啦啦啦

让我头在下像陀螺一样旋转

用你刚卸下的我的左腿做鞭子

抽打我飞速扭动的腰肢

转啊转啊啦啦啦啦

飞溅出鲜艳的汗水还可做饮料

啊，太阳落山了

太阳落山时间过去了

时间过去了我破了

我破了就丢了吧

丢了明天换新的吧

啦啦啦啦啦啦啦

又是愉快的一天

又是一曲欢乐的歌

颂歌（关于宋江）

一

昨天　你敲锣打鼓

偷走了牌匾上三个漆黑的字

所有的捕快在岸那边捉鱼

烤架还在那家很久没有开门的店里

二

你将在休渔期悄悄捕鱼的人

全都关在白天

　　　和你的弟兄们提上脑袋

将自己反锁在黑夜

三

点起火烧一堆沙子

又点起火烧涌金门下鲜艳的溪水

四

你大喊　我不是贼

可所有的人都给你穿上一件囚衣
后来你成了神
神殿却因一声叹息
倾圮了大半

牛、牛郎和织女

一头疯牛
它讲得太多
最后只能哞哞叫
继而沉默

一个农夫沉默了太久
继而操劳、盗窃、偷窥
最后生米煮成熟饭

受难者从来不无辜
纣王也罢、耶稣也罢
破坏规矩的人
在得意的山巅上失落

你站在路口

好了，你站在路口
等来的是一只陌生的豹子
它的脚步比猫还轻
速度比猫还快
你迅速穿上毛衣
迟疑它是否会咬人
毛衣是橙黄色的
但已经开始褪色发白
它的危险在于它一动不动
你哈着气，摩擦双手
它还是一动不动
你们僵持着
路灯突然亮了

那只石豹子，是昨天
突然出现在隔壁门口的

打油诗

1

年轻时近视

要副眼镜不可得

如今终有了眼镜

眼睛却瞎了

2

李煜亡国后

词方工

却因词而死

宋太宗祈愿大宋万岁

却被一支虞美人熬死

熬死了宋

又熬死了元明清

太宗呢

也许三生三世都化作纸浆

印着后主词

关于衣服的本体论

我得穿点什么才能上街
不然，别人就看不到我了

比如，你得穿上制服
白大褂，警服，西装
哪怕是婚纱
总之，你得是个什么人
不穿衣服的人是隐身的
甚至并不是人
什么叫"人"？
你看猪穿衣服吗？狗穿衣服吗？
当某物穿上衣服
它就是人了
岂曰无衣？

有衣服就不一样了
他可以围观跳楼
如果天气太热还可以吃冰西瓜

（无衣之人只能吃不冰的西瓜）

还可以伸手去摸姑娘的脸

更不用说手了

（我需要补充一个论证

和所有严谨的哲学家一样

大前提：有衣为人，无衣为兽，兽可摸

小前提：姑娘的脸和手没穿衣，故为兽

结论：姑娘的手和脸可摸）

他的手也没穿衣服？这构不成反驳

兽摸兽更没有道德问题了。

不不不，他不是兽，他穿了衣服

而姑娘露出了脸和手，这是原罪

不穿衣服的人是有罪的

（我认为它不是人）

正如穿衣服的人是正确的一样

这个课题我想我说得足够清楚

那么我的结论很清楚，一个穿衣服的狗

不是狗，是上帝，祂咬的不是人的手

是兽的爪，这是自明的，这是一个分析命题

我们能从前"见"推出后件

时候不早了，我得洗澡去了

你说的不是废话吗？谁穿着衣服洗澡！

2018－6－26

图书在版编目(CIP)数据

被推迟的约会/黄家光著. —上海:华东师范大学出版社,2023

ISBN 978-7-5760-4320-4

Ⅰ.①被… Ⅱ.①黄… Ⅲ.①诗集—中国—当代 Ⅳ.①I227

中国国家版本馆 CIP 数据核字(2023)第 230178 号

华东师范大学出版社六点分社

企划人 倪为国

被推迟的约会

作　　者	黄家光	
责任编辑	朱妙津	古　冈
责任校对	彭文曼	
封面设计	蒋　浩	

出版发行　华东师范大学出版社
社　　址　上海市中山北路 3663 号　邮编　200062
网　　址　www. ecnupress. com. cn
电　　话　021 - 60821666　行政传真　021 - 62572105
客服电话　021 - 62865537　门市(邮购)电话　021 - 62869887
地　　址　上海市中山北路 3663 号华东师范大学校内先锋路口
网　　店　http://hdsdcbs. tmall. com

印 刷 者　上海盛隆印务有限公司
开　　本　787×1092　1/32
插　　页　1
印　　张　7.25
版　　次　2024 年 1 月第 1 版
印　　次　2024 年 1 月第 1 次
书　　号　ISBN 978-7-5760-4320-4
定　　价　68.00 元

出版人　王　焰